Himbeerschlag

Helmut Frhr. v. Scheurl-Defersdorf

Himbeerschlag

Ein Bodensee-Kriminalroman

VUS

Hinweis:
Personen, Institutionen und Lokale sind frei erfunden. Eventuelle Ähnlichkeiten können nur auf Zufall beruhen und liegen nicht in der Absicht des Autors.

Samstagnachmittag, 29. August 2009
Brombeerernte

»Ihr wollt Brombeeren? – Die besten gibt's gegenüber Hedertsweiler. Sie wuchern am Weg. Wachsen da durch abgehacktes Gestrüpp, das jemand hat liegen lassen. Oder Ihr probiert es hinter dem Weiler ›Häusern‹ Richtung Bascheshof neben der Straße zum Wald hin. Nach dem Wirbelsturm Lothar hat dort jemand seine restlichen Bäume umgelegt und versucht, eine neue Schonung anzupflanzen. War aber zu faul, Stubben, Äste und Reisig aufzuräumen. Nun ist da ein riesiger wilder Himbeerschlag. Und zwischen den Himbeeren wachsen die schönsten Brombeeren‹. Das hat Kalle Weinig ihnen beim Essen im PFÄNNLE empfohlen. Und ergänzt: »Ihr braucht aber feste Stiefel und dicke Gärtnerhandschuhe. Müsst nämlich die trockenen Äste und das Reisig platt treten, durch welche die Himbeeren und Brombeeren wuchern. Dann gibt's noch Dornen und Brennnesseln und die Löcher, welche die Wurzelteller der Bäume beim Umfallen hinterlassen haben. Weiß ich alles von einem Kumpel. Der pflückt da immer. Im Juni/Juli gibt's Himbeeren ohne Ende, und ab Mitte August klasse Brombeeren.«

»Danke für den Tipp, Kalle«, hat Judith gemeint, »wenn wir genug finden, kriegst Du auch ein Gläschen Marmelade ab.« Aber Kalle hatte abgewinkt: »Nee, Brombeermarmelade ist nichts für mich. Schmeckt erst gut. Doch dann hast du das Theater, brichst Stunden lang Zahnstocher ab, um die Kerne aus den Zähnen zu polken. – Nee! – Könnt mir ja stattdessen ein Weizen ausgeben, wenn Ihr Erfolg habt. – Abgemacht?« Und Judith hatte genickt.

So haben Judith und Bernd beim Feldweg an der Landstraße von Owingen nach Herdwangen gegenüber Hedertsweiler an dem kleinen Weg angefangen und mühselig ein Viertel-Eimerchen Brombeeren gesammelt, dabei ein paar verspätete Himbeeren genascht. Doch als die Bremsen von der nahen Viehweide lästig wurden, sind sie weitergefahren. Nun steht ihr Auto zwischen Bascheshof und Häusern in einem schmalen Feldweg neben dem von Kalle angegebenen Himbeerschlag. Die vielen Brombeerranken stören. Immer wieder verhakt sich eine Ranke im Pullover oder in den Jeans. Das Stolpern danach durch das alte Reisig ist auch nicht so ohne. Man muss höllisch aufpassen. Aber die Ausbeute an Brombeeren lässt sich sehen. Bernds Eimerchen ist im Nu voll. Im nächsten Jahr wird er auch rechtzeitig im Juni zur Himbeerernte hier sein.

Noch eines stört beim Brombeerpflücken hier: Es zieht aus dem Gestrüpp oder sonst woher ein leichter Geruch. Leicht nur, aber doch unangenehm. Irgendwo in der Nähe scheint ein Hase von der Hasenpest erwischt worden zu sein. Denn Stinkmorchel sind es wohl kaum. Die wachsen nur unter hohen Bäumen. Vielleicht ist es auch die Gülle, die der Bauer auf seinem abgeernteten Weizenfeld in der Nähe gerade ausbringt. Man hört seinen Traktor tuckern. Und manchmal trägt der Wind auch einen Hauch von Dieselabgasen herüber, wenn das Gespann am Feld-Ende wendet. Ein störender Geruch jedenfalls. Aasgeruch und Diesel im Gemisch.

Dazu ist der Boden in dem fast mannshohen Gestrüpp nicht zu sehen. Ohne aufzupassen stolpert man über die dicken, trockenen Äste oder rutscht von diesen ab in die Gruben neben den vom Sturm Lothar ausgehobenen Wurzeltellern der umgefallenen Bäume.

»Wir hätten trotzdem mit der Brombeerernte sofort hier anfangen sollen, nur Augen an den Füßen müsste man haben«, sagt Bernd zu Judith und will sein volles Eimerchen zum Auto bringen. Doch noch ehe er das ganz ausgesprochen hat, geht Bernd mit einem dumpfen Knall zwischen Brombeerranken, jungen Himbeertrieben, Brennnesseln und Schösslingen von Weiden zu Boden.

Als er wieder aufsteht, sieht der Arme aus wie nach der Rauferei mit einer Wildkatze. »Was war das für ein Knall, Bernd?«, meint Judith erschrocken, »das warst doch nicht Du! Oder bist Du auf eine Handgranate gefallen? – Jedenfalls siehst Du schlimm aus. Wir hauen hier ab. Deine Wunden muss ich zu Hause mit Wundbenzin und Salbe versorgen.« Aber Bernd antwortete nicht, bleibt stocksteif stehen, schaut entsetzt zu Boden, sagt dann: »Ach du Sch…, die Brombeeren kann ich vergessen!« Dann bückt er sich und hebt etwas auf, zeigt es Judith und sagt »Darauf bin ich abgerutscht! Und der ganze Eimer mit Brombeeren ist hin!«

Judith versteht sein Entsetzen. Ein menschlicher Oberschenkelknochen, an dem dunkles Blut herunter läuft, ist in Bernds Hand. Aber dann sieht sie: Es sind zerquetschte Brombeeren und deren Saft. Der Knochen muss schon länger dort liegen, so ausgebleicht wie der ist. Sonst hätte man auch deutlich etwas gerochen.

»Geh bitte zum Auto und ruf die Spurensicherung an, Judith«, meint Bernd, »hier liegt ein Skelett. Mein Eimerchen steckt mitten im Brustkorb. Alle Brombeeren zermatscht oder im Skelett verteilt. Da bin ich doch glatt reingestolpert! Ich kennzeichne den Platz schon mal, so gut es geht. Knicke Äste um. Fraglich, ob die Kollegen von der Spurensicherung noch was finden. Die werden jedenfalls über meinen Brombeermatsch im Skelett fluchen. Aber vielleicht haben sie Glück.«

»Dann hättest Du den Knochen aber auch an Ort und Stelle liegen lassen sollen!«, bemerkt Judith, als sie sich zum Auto davonmacht.

»Hier ist Dein Handy«, sagt sie einige Zeit später, als sie wieder durch den Brombeer- und Himbeer-Irrgarten heran keucht, »sprich selbst mit dem Chef. Der ist ziemlich aufgebracht. Du sollst Deine Hufe sofort Richtung Lippertsreute schwingen.«

»Chef, wir haben hier eine Leiche zwischen Häusern und Bascheshof«, sagt Bernd ins Handy, »ich denke da sollte die Spusi her.«

»Veräppeln Sie mich nicht, Breunecke«, kriegt er es zurück, »habe schon von Judith gehört, dass es sich nur um ein älteres Skelett handelt. Eilt also nicht mehr. Aber in Lippertsreute brennt's. Da ist beim Konerbauern die Biogasanlage in die Luft geflogen. Und eine Frau ist dabei umgekommen. Wahrscheinlich Frau Koner selbst. Müssen wir abklären. – Ihr Skelett lassen Sie mal liegen!«

»Verstehe, Chef«, entfährt es Bernd, »das war also der Knall, als ich gerade über das Skelett gestolpert bin – oder ich bin gestolpert, weil mich der Knall … ist ja egal, ich komme gleich, muss nur noch den Platz hier kennzeichnen, damit wir den später wieder finden. Wir sind schon unterwegs.«

Samstagvormittag, 29. August 2009
Karambolage

Eigentlich hatten er und Judith sich das Wochenende schöner vorgestellt, waren am Vormittag in Nussdorf zum Segeln gewesen. Denn als Bernd beim letzten Besuch in St. Gallen gefragt hatte, was das alte Boot im Garten der Villa zwischen den hohen Brennnesseln bedeute, hatte Judiths Mutter geantwortet: »Das gehörte Sami. Sein Bootshaus bei Rorschach ist seit ein paar Jahren an eine Gesellschaft für Limnologie verpachtet. Wenn Ihr das Boot wieder instandsetzen und segeln wollt, kümmere ich mich drum, dass der Pachtvertrag fürs Bootshaus gekündigt wird. – Das Boot im

Garten zu restaurieren, braucht aber eine Menge Einsatz!« Bernd hat einen Segelschein aus der Zeit bei der Bundeswehr, als er in einer Einheit bei Kiel zum Kampfschwimmer ausgebildet wurde. Judith war früher mit ihrem Freund in Mannheim im Ruderverein. Sie wollen es also ausprobieren. Den Segeltörn am Morgen hatte Kalle ihnen deswegen bei seinem Segelkameraden Olli Bertsch verschafft. Aber die Freude war nur kurz gewesen. Schon nach der ersten Wende beim Nussdorfer Campingplatz rammte das Boot einen Baumstamm oder etwas Ähnliches, das niemand unter der Wasseroberfläche sehen konnte. Wasser drang ins Boot ein. Olli stopfte das Leck fluchend mit seinem Pullover. Bernd und Judith mussten den gesamten Weg zurück zum Liegeplatz lenzen. Sie kamen mit nassen Füßen wieder am Heimat-Steg an und halfen dann noch, das Boot an Land zu ziehen.

»Kann kein Baumstamm gewesen sein«, meinte Olli kopfschüttelnd, als er das Loch im Bootsbug näher anschaute. »Baumstämme sind gewöhnlich nicht so glatt und auch nicht mit Farbe angestrichen. Ich werde mit einem Elektroboot hinfahren und die Stelle näher anschauen. Da schwimmt irgendeine Tonne oder eine Gasflasche unkontrolliert unter der Wasseroberfläche rum. Ich muss die Wasserschutzpolizei verständigen – heute ist nichts mehr mit Segeln. Ruft mich nächste Woche an, dann ist das Boot wieder klar!«

Und so haben sie sich an die Brombeeren erinnert und die Marmelade, die Judiths Mutter versprochen ist. Der Gelierzucker und die Gläser stehen in Bernds Küche schon lange herum.

»Setz mich mit den restlichen Brombeeren zuhause ab, Bernd«, meint Judith, »dann kann ich mich mit der Marmelade befassen. Du musst sowieso über Owingen nach Lippertsreute fahren. Die Straße von Hohenbodmann nach Ernatsreute runter ist wegen der Vorbereitungen für das

Seifenkistenrennen gesperrt. In Owingen kann ich deine Wunden auch noch schnell versorgen, sonst meinen die Sanitäter am Ende, dass Du ein weiteres Explosionsopfer wärst.« –

»Oder dass wir einen Streit gehabt hätten«, ergänzt Bernd, »auf die paar Minuten wird es wohl nicht ankommen, meine liebe Sanitäterin. Also gut: Zuerst nach Hause.«

Dass er dafür von Egon Schneider einen Rüffel wird einstecken müssen, ist ihm egal.

Samstagnachmittag, 29. August 2009
Konerhof

»Wie sehen Sie denn aus, Breunecke? Haben Sie mit Judith gerauft?«, neckt ihn Schneider auch prompt, ohne eine Antwort zu erwarten, als Bernd in Lippertsreute am Konerhof eintrifft und sich zwischen Splittern, Trümmern, helfenden Nachbarn und Feuerwehrleuten zu ihm durchgekämpft hat. »Außer der Frauenleiche gibt es hier ein paar tote Tiere auf dem Hof. Der Fritz Koner hat einige leichte Verletzungen abbekommen, ist vom Explosionsknall so gut wie taub, aber bei Bewusstsein.« »Und warum hockt der Typ dann so apathisch hinten im Sanka? – Das ist er doch, Chef?«, fragt Bernd leicht irritiert. »Das hat damit nichts zu tun, Breunecke«, knurrt Schneider, »vorhin hat er seine tote Frau Ellen identifiziert. Aber dem Pathologen kommen die Verletzungen an der Frau komisch vor. Und beim Koner Fritz hat er Bedenken, wie der auf meine Fragen reagiert hat: Suizidgefahr! Ich bleibe weiter dran und frage bei den Nachbarn rum, wie die Eheleute Koner in letzter Zeit zueinander standen. Hören Sie sich mal um, Breunecke, was das Technische Hilfswerk und die Feuerwehr zu der Explosion sagen. Und passen Sie auf, was die wegräumen. Fotografieren Sie alles! Der Sprengstoff- und Brandexperte ist schon angefordert und kommt in einer halben Stunde. Mit dem gehen Sie das dann nochmal komplett durch!«

»Schöne Aufgabenteilung«, denkt Bernd, »der Chef plaudert mit dem Pathologen und den Nachbarn, und ich darf den technischen Kram checken, damit der Spezialist nicht schimpft.« Laut sagt er dann: »Danke, Chef, Hauptsache Dr. Lange hängt nicht mit drin!« – »Was meinen Sie, Breunecke«, geht Schneider hoch wie eine Rakete, »warum ich mich hinter die Nachbarn klemme? Dr. Lange hängt längst drin. Die tote Ellen Koner ist eine der zwei Töchter des Bauern Tatzner, bei dem Lange in Salem-Mimmenhausen seit Jahren Urlaub macht! Wir haben uns neulich darüber unterhalten, als er ausnahmsweise mal freundlich war.«

»Sch...ade, Chef«, schüttelt Bernd den Kopf, »so früh haben wir unseren Vorgesetzten noch nie als liebevollen Helfer im Nacken gehabt! – Hat der denn schon Wind von der Sache bekommen?« – Und als Schneider nickt, setzt er hinzu: »Schon gut, Chef, Ich mache mich ans Werk!«

Samstagnachmittag, 29. August 2009
Blech- und andere Schäden

Was Bernd auf dem Hof zu sehen bekommt, erinnert ihn an die Erzählungen seiner Oma über den Bombenangriff auf Linsenrodt, bei dem der Onkel und die Tante umkamen. Die lagen tot unter den Trümmern, als damals der Stall abgeräumt wurde. Nach dem ersten Bombentreffer hatten sie die verängstigten Tiere aus dem Stall getrieben. Bei der zweiten Bombe war der Stall eingestürzt und hatte sie darin begraben. Zum Glück war kein Brand ausgebrochen, sonst wäre nichts mehr von ihnen geblieben. – Ähnlich sieht es hier aus. Überall liegen Scherben der zerborstenen Fenster. Vereinzelt blökt noch Vieh im zusammengestürzten Stall, den die Feuerwehr gelöscht hat und der doch an einigen Stellen noch kokelt. Die meisten Tiere, welche unter den Trümmern hervorgezogen werden, erhalten vom Assistenten des herbeigerufenen Veterinärs die Erlösung mit dem Bolzenschussgerät. Die Tierkörperbeseitigungsanstalt wird die Kadaver am Montag abholen. Gesunde Tiere werden von den erschütterten Nachbarn in Obhut genommen. »Gott sei Dank ist noch Sommer«, sagt einer, »da macht es nicht so viel aus, dass alle Fenster am Haus kaputt sind. Nur die Mücken am Abend …«

Frau Koner sei wohl beim Kälberfüttern von der Explosion erwischt worden und dann von den Flammen. Scherben der Fenster hätten sie außerdem überall verletzt. So meinen die Feuerwehrleute. Beim Kälberabteil sei sie neben zwei umgestürzten Futtereimern gelegen. Und auch ihre Brille habe man verbogen neben ihr gefunden.

Pathologe und Leiche sind schon fort. Bernd besieht die Stelle und danach die technischen Anlagen im Stall. Vom Spaltenboden des Nassstalls aus führen die Spül- und Räumkanäle der Gülleanlage direkt zum Misch- und Befüllungsteil der zwei wechselseitig mit Gülle und Biomasse beschickten Gärtürme. Daneben befindet sich ein großer Silo, aus dem Maishäcksel und andere Biomasse zugeführt werden. Dieser Teil der Anlage, ein Gärturm und der riesige Gas-Auffangdom stehen noch und werden von der Feuerwehr mit Wasser gekühlt, das gleichzeitig die Reste der vergärenden Biomasse herunterspült, die sich bei der Explosion ringsum verteilt haben. In den Trümmern liegt auch ein Schweiß-Wagen mit der gelben Azetylen- und der roten Sauerstoffflasche, welche von den Feuerwehrleuten mit großem Respekt behandelt werden. Das Technische Hilfswerk will die Flaschen möglichst bald abtransportieren, ehe etwas damit passiert. Denn Azetylenflaschen müssen senkrecht gelagert werden, damit diese nicht von selbst explodieren. Und die hier liegt wohl schon einige Zeit flach und war unkontrolliert der Hitze ausgesetzt. Das Blockwerk zur Stromerzeugung steht relativ unversehrt, ist allerdings abgeschaltet. Nur der zweite Gärturm zeigt sich von unten bis oben aufgerissen wie eine geplatzte Blechdose. Alles riecht durchdringend nach der herausgeflogenen Biomasse, die dampfend auf Dächern, an Wänden, Zäunen, Maschinen und Bäumen klebt. Der Deckel des Gärturms hat wie eine große fehl geworfene Frisbeescheibe just an der Stelle das Dach der Stallanlage durchschlagen, wo die Kälberboxen beginnen. Für Bernd ist Frau Koners Tod damit erklärlich, der Brand im Stall allerdings nicht, es sei denn, der herunter krachende Deckel hat Stromleitungen zerrissen und einen Kurzschluss verursacht.

Was Schneider und der Pathologe an der Leiche Verdächtiges gesehen haben, muss Bernd später herausfinden. Von allen Teilen macht er Aufnahmen und schaut die Bleche des aufgerissenen Gärturms näher an, kratzt stinkende Biomasse herunter und vergleicht die Stellen mit dem noch stehenden Teil der Anlage. Das Blech sieht anders aus, irgendwie marode. Man wird es näher untersuchen und auch den noch intakten Gärturm innen auf Korrosion prüfen müssen.

Als Bernd den eingetroffenen Experten darauf hinweist, zieht der ein schiefes Gesicht. »Können Sie Recht haben, Kollege Breunecke. Auf alle Fälle wird hier erstmal alles abgestellt und ausgeräumt. Die Verbindung vom intakten Gärturm zum Gasdom muss sofort unterbrochen werden. Das Restgas müssen wir abfackeln und unten Wasser einlassen, bis die Gärung steht. Sonst explodiert der vielleicht auch noch. Und der Verstromungsblock wird danach sofort wieder eingeschaltet. Das ist die sicherste Methode, den Gasdom zu leeren. Jetzt schauen wir nach der Herkunft der Anlage und nach Prüfplaketten. Mir scheint, der Herr Koner hat zum Teil Eigenbau betrieben und nicht zertifizierte Bleche verbaut. – Kennen Sie eigentlich seine kleine Werft, wenn man das Durcheinander so nennen darf, die er in Unteruhldingen betrieben hat? Da gab's auch immer Ärger, bis sie vor einem Jahr stillgelegt wurde.«

Am intakten Turm finden sie Prüfplaketten. Desgleichen am Dom des Gaslagers und an der Anlage zur Stromerzeugung. Am zerborstenen Turm fehlen solche. Auch Teile der Rohre zum geborstenen Gärturm scheinen nicht vom TÜV abgenommen zu sein. Die meisten Armaturen kommen aus der Schweiz und scheinen solide. »Warum hat der das Zeug so teuer eingekauft?«, fragt der Experte, »oder sollte der in der Schweiz eine gebrauchte Anlage zerlegt und dann importiert haben?« Nachdem alles durchgesehen ist, kratzt sich der Experte am Kopf:

»Zweifellos waren die Bleche an dem Gärturm marode. Aber die haben normalerweise keinen großen Druck auszuhalten. Das aus der Biomasse entstehende Gas wird ständig in den Lagerdom abgepumpt und im Blockwerk zur Stromerzeugung in einer Turbine verbrannt. Für den Notfall gibt es Überdruckventile an den Gärtürmen und am Gasdom. Normalerweise fehlen für eine Explosion Sauerstoff und ein Zünder. – Es sieht also sehr nach Manipulation aus. Es sei denn, dass sich genügend Sauerstoff im Turm gesammelt hatte, um ein zündfähiges Gemisch zu bilden. Und irgendwoher muss ein Zündfunke gekommen sein. In der Regel wird aber nach Einsetzen der ersten Charge der Turm entlüftet und dann laufend Biomasse nachgebracht. Und da kann nichts passieren, weil sich über der Gärmasse nur Gas befindet. Zur Prüfung müssen alle Blechteile gesammelt und zusammengesetzt werden.« »Na, dann wünsche ich aber Freude bei der Arbeit«, meint Bernd, »ich werde dem Chef schon mal berichten. – Übrigens: Wie sieht es mit Sonneneinstrahlung und heißem Blech und Hohlspiegeleffekt für die Zündung aus? Es war heute immerhin sehr sonnig!«

»Kaum anzunehmen«, meint der Experte, »eher eine weggeworfener Zigarettenstummel. – Ist der Konerfritz nicht Raucher?«

Samstagnachmittag, 29. August 2009
Erste Erkenntnisse

Als Schneider die Ergebnisse hört, meint er: »Passt ganz ins Bild, Breunecke. Der Pathologe meint, dass Frau Koner schon vor der Explosion tot gewesen sein muss. Wie lange vorher, stellt er noch fest. Todesursache sind nämlich Stiche durch Herz und Lunge. Vermutlich mit einer Mistgabel. Die Einstiche sind eindeutig zu erkennen trotz der Verbrennungen. Der Todeszeitpunkt ist nicht ganz klar. Wahrscheinlich aber lange, bevor der Konerfritz nach Hause kam. Denn die Kälber brüllten bereits vor der Explosion. Eine Nachbarin wollte schon nach dem Rechten sehen, als der Konerfritz dann zurückkam. Der war nämlich zum Einkaufen im Bennomarkt in Überlingen und ist beim Betreten des Hauses von der Explosion erwischt worden. Das hat der Nachbar bezeugt, den er mitgenommen hatte. Es sieht für mich nach einer Art Verbindung von Tür-Öffnen und Auslösung der Explosion aus. – Merkwürdig! – Hat der Experte nichts davon erwähnt?« Bernd schüttelt den Kopf. »Wie soll er. Der kennt doch den Ablauf noch nicht, spricht nur sehr vage von Manipulation. – Dann hat der Konerfritz seine Frau wohl vorm Einkauf erstochen, Chef, bei den Feuerwehrleuten wurde von ›Spannungen zwischen den Beiden‹ gemunkelt. Mehr wollte aber keiner sagen.«

»Habe ich schon von Dr. Lange so gehört«, nickt Schneider, »aber die Affäre, von der die sprechen, war vor fast drei Jahren beendet. Den Liebhaber hatte sie bei einem Shantyfestival in Romanshorn kennen gelernt. Aber als sie ganz zu ihm ziehen wollte, ist er damals ohne Abschied verschwunden und hat sich nie mehr gemeldet. Ellen Koner hatte die Koffer schon gepackt. Und als der Liebhaber nicht kam, um sie abzuholen, musste sie bei ihrem Mann praktisch um Wiederaufnahme betteln. Von einer neuen Affäre weiß Dr. Lange nichts. Er traut der Ellen dies aber genau so zu wie dem Konerfritz einen Mord an ihr. Vor einem Jahr sei nämlich eine hohe Lebensversicherung auf sie abgeschlossen worden, hat Dr. Lange raus gelassen. Und das mache ihn irgendwie misstrauisch.«

»Dann hätte der Konerfritz sich aber bei der Spurenbeseitigung mehr als dämlich angestellt, Chef«, wendet Bernd ein, »und sich selbst fast umgebracht.«

»Wir werden dem Konerfritz jedenfalls auf den Zahn fühlen, Breunecke«, schüttelt Schneider den Kopf. »Aber vor der Feststellung des genauen Todeszeitpunktes der Ellen Koner machen wir in dieser Richtung nichts. Und aus ihm kriegen wir vorläufig nichts heraus. – Montag ist auch noch ein Tag! Dann haben wir alle Berichte, und der Geruch hier hat sich auch etwas verzogen. – Ein paar Nachbarn haben sich übrigens über das nervende Geräusch der Gasturbine beschwert, meinen, die wäre angeblich lauter gewesen als sonst. Dem müssen wir auch noch mal nachgehen. Schlamperei oder Sabotage! – Heute ist aber Schluss hier. Ich spreche noch mal mit dem Experten wegen der Zusammenhänge von Explosion und dem Öffnen der Tür. Und Sie begleiten einen Trupp der Spurensicherer zu dem Skelett in Ihrem Himbeerschlag. – Oder waren es nicht Brombeeren? – Und dann nach Hause. Lassen Sie sich bis Montag möglichst die Kratzer im Gesicht von Ihrer Judith wegpflegen. So können Sie ja Kinder erschrecken!«

Samstagabend, 29. August 2009
Brombeerskelett

Die Kollegen von der Spurensicherung haben den Platz um das Skelett im Himbeerschlag sorgfältig frei geschnitten, alles fotografiert und dann ein Zelt darüber errichtet. Das Skelett nehmen sie genau so mit wie einen verwitterten Schuh und Kleidungsreste sowie die Uhr des Toten. Den Platz sichern sie noch einmal in weiterem Umkreis mit stabilerem Band. Am Montag wollen sie ringsum weiter suchen. Dem Opfer wurde, soviel können sie schon sagen, der Schädel mit einem Beil eingeschlagen. Verfärbungen an den Knochen und Reste von einem Nylon-Strick um den Hals geben ihnen Rätsel auf. Mit dem Strick könnte das Opfer an den Platz geschleppt und im Geländegraben abgelegt worden sein. Aber so ganz sind sie sich nicht einig, ob die Leiche nicht erst in einem fast verwesten Zustand an den Platz geschafft worden ist. Es sind nur wenige Baumtriebe durch das Skelett gewachsen, diese aber ohne Ablenkung gerade nach oben. Zudem liegt das Skelett sehr eng zusammengepackt und gerade ausgerichtet auf dem Rücken, obwohl der Beilhieb, der Größe nach, tief in den Hinterkopf eingedrungen war. Normalerweise hätte der Erschlagene nach dem Herausziehen des Beiles auf dem Bauch liegen müssen. Fundort und Tatort passen also gar nicht zusammen. Auch hätten Füchse und Mäuse kleinere Leichenteile im Gestrüpp längst weggetragen. Das trifft hier nicht zu. Und bis zum fünfhundert Meter entfernten Weiler ›Häusern‹ hätte man gewiss etwas von einer verwesenden Leiche gerochen. Daraus ergeben sich noch Aufgaben für die Suche und Vernehmungen. Bernd kotzt es an.

Samstagnachmittag, 29. August 2009
Brombeermarmelade

Gegen sechs Uhr trifft Bernd zu Hause in Owingen ein. Es duftet nach Brombeermarmelade, als er die Wohnungstür öffnet. »Die acht Gläschen sind schon fertig. Es war ja nicht viel, was ich in meinem Eimerchen hatte«, begrüßt ihn Judith, »willst Du morgen zum Frühstück frische Brötchen mit der ...« »Nee«, sagt Bernd, »die Marmelade schmeckt bestimmt gut, aber ich sehe immer noch mein Eimerchen mit dem Brombeermatsch im Brustkorb des Skeletts stecken.« »Kann ich verstehen, Bernd«, kommt es etwas enttäuscht von Judith. »Sag bloß nichts zu Mama, wenn wir ihr die Marmelade mitbringen!.«

Als Sie sich nach dem Abendessen zum Lesen ins Atelier setzen, geht das Telefon. Kalle Weinig ist am Apparat: »Hey, Bernd, hast Du schon gehört, was Ihr heute früh beim Nussdorfer Campingplatz übersegelt habt? – Der Olli ist noch mal hin. Und da trieb ein toter Taucher im Wasser. Der soll zu den hohen Gästen der Villa in Nussdorf gehören, wo die Managerkurse laufen. Er trieb unter der Wasseroberfläche. Ihr habt seine Tauchflasche gerammt, und dann ist er wieder für einige Zeit nach unten gedümpelt. Die Wasserschutzpolizei hat die Leiche rausgeholt. Der Mann wurde seit Mittwoch vermisst.«

»Ein schlechter Tag, Kalle«, ächzt Bernd, »das ist für mich heute die dritte Leiche. Und die Sache kriegen wir wohl auch noch auf den Tisch. Es reicht!« Und dann erzählt er kurz. »Den Konerfritz kenn ich«, meint Kalle, bevor er auflegt, »ich höre mich mal um, was der außer Booten noch verpfuscht hat. Ist ja ein ganz besonderer Tüftler. – Montagmittag im PFÄNNLE?« Und Bernd antwortet: »Alles klar, Kalle, übermorgen Mittag.«

»Ich rufe den Chef an. Den wird das auch interessieren«, meint Bernd danach zu Judith. »Und dann hole ich eine Flasche Wein aus dem Keller und will von Mord- und Totschlag heute nichts mehr hören. – Fahren wir morgen zu Deiner Mutter und bringen die Brombeermarmelade weg? Ich brauche die außer Sichtweite!«

Da sind sie sich nun einig. Judith erreicht ihre Mutter in St. Gallen. Sie freut sich auf den Besuch und will ihnen bei der Gelegenheit auch das verpachtete Bootshaus zeigen, das Onkel Sami an der Mündung der Thurgauer Aach in den Bodensee gehört. Bei einem Glas Bermatinger Rotem klingt der Abend aus. Bernd legt sogar den alten Glauser weg, der ihm im Antiquariat an der Turmgasse in Überlingen vor ein paar Tagen in die Hände gefallen war. Hätte ihn schon interessiert, wie Wachtmeister Studer weiland in seinem ersten Fall ermittelte. Heute Abend spielen sie aber lieber Triominos und unterhalten sich bei Bermatinger Rotem über das Segelboot in Onkel Samis Garten. Sie werden es genauer anschauen und dann wegen der Wiederherstellung einen Fachmann befragen.

Sonntag, 30. August 2009
Bootshaus

Judiths Mutter hat Neuigkeiten, als sie am Sonntagmittag verschwitzt bei ihr zu Mittag essen. Zuvor mussten sie sich beim Abliefern der Marmelade verkneifen, vom Fundort der Brombeeren zu erzählen. Und dann haben sie, während Sarah Schwan das Essen vorbereitete, im Garten die große Persenning vom Boot gezogen und es von innen inspiziert. Gott sei Dank war die Plane dicht, und sie hatte eine Entlüftung. Im Boot sieht es deshalb relativ gut aus. Keine Schwitzwasserschäden. Nur vertrocknete Kellerasseln, Fliegen und Ohrenkneifer liegen an manchen Stellen. Die alte Farbe muss stellenweise runter, oder ein neuer Anstrich ist fällig. Außen sieht es ähnlich aus, als sie die Schmutzschicht wegwischen und den Namen des Bootes ›Nadine‹ freilegen. »Tante hieß so«, sagt Judith, als Bernd sie fragend anschaut. Auch der Aluminium-Mast, den sie unter dem Boot in die Halterung des Transportwagens eingeschoben finden, nachdem sie alle Brennnesseln ringsum beseitigt haben, ist intakt. Onkel Sami hat das Nötigste für die Erhaltung getan. Nur die Reifen des angerosteten Transportwagens sind völlig versprödet, und die Takelung sowie die Segel des Bootes dürften brüchig sein. Aber das soll ein kundiger Kumpel von den Überlinger Seglern begutachten, ehe der Fachmann ihnen teure Ausgaben aufschwatzt. Sie werden Kalle um Rat bitten oder besser Olli.

»Ich habe der Gesellschaft für Limnologie das Bootshaus gekündigt«, sagt Sarah Schwan nach dem Essen, »gestern ist die Antwort gekommen. Ein komischer Brief jedenfalls mit einem vagen Tauschangebot. Mir gefällt der Ton nicht, den die Herren da anschlagen. Ich weiß noch nicht, was ich darauf antworten soll. Schaut Euch den Brief einmal selbst an, ehe ich was unternehme!«

Und das war der Brief, abgesandt in Rorschach.

Deutsch-Schweizerische Gesellschaft für Limnologie
Rorschach …
Bootshaus des Beat S. Troche an der Mündung der Thurgauer Aach

Kündigung des Pachtvertrags

Sehr geehrte Frau Schwan,
wir bedauern, Ihrer Kündigung zum Quartalsende widersprechen zu müssen. Der Erblasser, Herr Beat S. Troche, hat uns vor drei Jahren per Handschlag einen langfristigen Pachtvertrag mit Vorkaufsrecht für das Bootshaus und das Gelände eingeräumt. Dafür gibt es Zeugen. Der vorliegende schriftliche alte Pachtvertrag von 1999 bringt dies leider nicht zum Ausdruck, da dieser aus Bequemlichkeit nur stillschweigend verlän-

gert und nicht ergänzt worden ist, zumal das Vorkaufsrecht noch des notariellen Eintrags bedurfte. Der beiliegende Entwurf wurde also nicht mehr vollzogen und beglaubigt.

Im Vertrauen auf die Zusage per Handschlag haben wir inzwischen umfangreiche Renovierungen vorgenommen und Einbauten für unsere Messtechnik angelegt, die nicht ohne weiteres wieder entfernt werden können.

Wir müssen Sie auffordern, Ihre Kündigung zurückzunehmen, um für beide Seiten Unannehmlichkeiten zu vermeiden. Gerade in der heutigen Zeit, da Wasserqualität eine große Bedeutung hat, ist unsere Aufgabe der Wasseruntersuchungen an Wasserpflanzen und Klein-Lebewesen im Wasser in der Nähe des Eintrags von Wässern aus der Thurgauer Aach in den Bodensee besonders wichtig. Es geht uns also um diesen Standort und um eine Zukunftsaufgabe im staatlichen Auftrag. Wir arbeiten hier eng mit der Seepolizei in Kreuzlingen zusammen.

Sollten Sie die Kündigung nicht zurücknehmen, werden wir leider gerichtliche Schritte einleiten müssen, um unsere Rechte zu wahren.

Wir sind allerdings bereit, sofern Sie einverstanden sein sollten, ein vergleichbares Objekt für Sie zu suchen und im Tausch zu erwerben, das in Zustand und Lage dem seinerzeit von Herrn Beat S. Troche an uns verpachteten Bootshaus samt Grundstück bei Übergabe in etwa entspricht. Über einen Ausgleich der Differenz können wir gern sprechen.

Wir erwarten Ihre Antwort innert 14 Tagen, um gegebenenfalls unsere Interessen gerichtlich wahren zu können.

Mit freundlichen Grüßen

Im Auftrag
Gunther H. Vettl
Generalsekretär

»Nicht gerade nett, was die Gesellschaft schreibt«, schüttelt Bernd den Kopf, »die wollen Dir also ein renovierungsbedürftiges Bootshaus irgendwo am Bodenseeufer im Kanton Thurgau oder Kanton St. Gallen als Ersatz andrehen und berufen sich auch noch auf die Zusammenarbeit mit der Seepolizei. – Schauen wir uns lieber Onkel Samis Platz an, bevor Du antwortest. Vielleicht fällt uns dann etwas zum Wert ein. Denn das Sprichwort lautet bekanntlich ›Wer Lust hat zu tauschen, hat Lust zu betrügen!‹ Und dass eine solche Gesellschaft mehr Rechte haben soll, als im Vertrag stehen, ist wohl auch nicht einzusehen.« – »Habe ich auch schon gedacht«, meint Sarah Schwan, »fahren wir also nach dem Abwasch los! Und nehmen wir für alle Fälle Samis alten Feldstecher mit. – Noch ein Espresso vorher? Ich mache ihn mit der guten alten Carmencita! – Sami hat hier einen schweineteuren Kaffee-Vollautomaten stehen. Aber mit dem Ding kenne ich mich nicht aus, und eine Gebrauchsanleitung fehlt! – Kannst Du Dich mal darum kümmern, Bernd?«

»Am besten nehme ich das Ding mit nach Owingen und studiere die Teile in Ruhe«, meint Bernd, »wir packen die Maschine nachher ein, wenn Du erlaubst!«

In Rorschach fahren sie nach Sarah Schwans Anweisung zunächst zur Seestraße und wenden sich dann nach Horn. Nach der Brücke über die Thurgauer Aach geht es den nächsten Weg rechts weg an einem Bauernhof vorbei und dann auf ein kleines Wäldchen zu. »Komisch, hier konnte man früher durchfahren«, wundert sich Sarah Schwan, als sie kurz darauf an einem hohen Gittertor stehen, von dem aus sich ein genau so hoher Maschendrahtzaun mit Stacheldrahtgarnierung zur linken Seite in eine Lichtung hineinzieht, hinter der man den See ahnt, und zur rechten in ein Wäldchen. Hohes Brombeergestrüpp verwehrt das Gehen am Zaun entlang. Am Tor hängt ein Schild: ›Deutsch-Schweizerische Gesellschaft für Limnologie – Zutritt verboten‹.

Als sie noch eine Weile stehen, mit dem Fernglas schauen und sich beraten, kommt ein Schäferhund heran gesprungen und bellt sie wütend durch das Tor an. Dann gesellt sich ein Mann in Uniform dazu, fotografiert sie und fordert sie danach auf zu gehen, hier sei Privatgrund. Sarah

Schwans Erklärung, dass sie die Eigentümerin sei, quittiert er mit: »Bin ich nicht zuständig, wenn's überhaupt stimmt. Und jetzt gehen Sie!«

»Schöne Bescherung«, meint Judith, als sie gewendet haben, »was machen wir jetzt?«

»Wenn ich eines nicht leiden kann, dann diese Dreistigkeit«, wird Sarah Schwan heftig. »Jetzt bekommen die das Bootshaus nicht. Ich werde den Tausch ablehnen. Das ist ja wohl die Höhe. Wir sind schließlich nicht in der DDR. Am Ende hat sich der Schalck-Golodkowski mit seinem Betrugsunternehmen im Bootshaus zur Ruhe gesetzt und bewahrt da die Koffer mit den Dossiers über westdeutsche Politiker zu seiner Rückversicherung auf.«

»Kann vielleicht sein, auch wenn man den Schalck eher am Tegernsee oder am Finanzplatz Zürich vermuten darf«, sinniert Bernd, »aber so eine Gesellschaft im halbstaatlichen Auftrag hat bestimmt ihre Spezeln in der Kantonsregierung. Wer ist denn hier zuständig. Der Kanton St. Gallen oder Thurgau?« – »Das Grundstück liegt westlich der Thurgauer Aach und gehört damit zur Gemeinde Horn und zum Thurgau, Bernd«, antwortet Sarah Schwan, »ich meine, wir sollten uns das Objekt doch einmal von der Seeseite aus angucken, ob sich ein Streit am Ende lohnt oder ein Tausch mit einem gehörigen Aufschlag doch besser ist. – Fahren wir nach Rorschach und mieten ein Boot.«

Aber in Rorschach sind keine Boote verfügbar oder plötzlich ausgebucht, als Bernd das Ziel nennt. »Das weckt meine Neugier«, stellt Bernd fest, als sie unverrichteter Dinge wieder nach St. Gallen fahren, um Sarah Schwan abzusetzen und den Espressoautomaten einzupacken. »Und meinen Zorn«, ergänzt Sarah Schwan, »Ihr wollt doch sowieso einen Experten vom Segelklub in Überlingen mitbringen. Segelt doch mit dem übers nächste Wochenende hierher und macht einen Schlenker am Bootshaus vorbei, bevor Ihr im Yachthafen anlegt. Dann wissen wir Bescheid.«

»Genau so halten wir es«, mischt sich Judith nun erbost ein, »und wir segeln direkt an das Bootshaus heran. Wir wollen sehen, was dort abgeht!«

Als Bernds und Judiths Papiere bei der Rückfahrt an der Fähre in Romanshorn peinlich genau kontrolliert und kopiert werden und sie einen Haufen Fragen zum Espressoautomaten beantworten müssen, weil so ein Ding doch sonst nur in Cafés stehen würde, wird Bernd noch nicht misstrauisch. Als ihnen aber dasselbe in Friedrichshafen beim Abfahren von der Fähre passiert, schon. Irgendwas stimmt nicht. Vielleicht haben sie in ein Wespennest gestochen.

Montag, 31. August 2009, Morgen
Ermittlungspläne

»Hm, hm«, meint Schneider nur, als Bernd vom Ausflug berichtet, »schon komisch, Breunecke, aber hüten Sie sich, am nächsten Wochenende Ihre Kampfschwimmerkenntnisse ausprobieren zu wollen. Die Woche über haben wir genug zu tun. Den toten Taucher von Nussdorf haben wir nämlich auch noch am Hals. Aber da gibt es wieder mal Merkwürdiges. Sprechen wir nachher drüber, wenn der Abgesandte von Dr. Lange kommt.« – »Hat der da auch schon wieder die Finger drin«, fährt Bernd hoch, »was hat der mit toten Managern am Hut?« »Wir werden es abwarten können, Breunecke«, seufzt Schneider, »erledigen wir doch erst einmal die anderen Dinge. Es gibt genug zu tun. – Und lassen Sie die Finger vom Tauchen. Keine selbstständigen Tauchgänge – weder in Nussdorf noch am Schweizerischen Ufer. Klar?« – »Da müssen Sie mich gar nicht auffordern, Chef«, kommt es müde von Bernd, »vom Tauchen habe ich seit damals vor fünfzehn Jahren die Schnauze voll. Meine Ausrüstung, welche die Jungs in Kiel für mich bereithalten, dürfte schon längst verrottet sein. Ich habe mich vor jeder Wehrübung gedrückt. Und ich weiß warum. – Bei Gelegenheit erzähl ich es Ihnen.«

»In Ordnung, Breunecke«, runzelt Schneider die Stirn, »bei Gelegenheit also. – Jetzt an den Fall ›Biogas‹ in Lippertsreute, danach an Ihr ›Brombeerskelett‹ vom Bascheshof und, sobald Dr. Langes Emissär auftaucht, an den toten Taucher aus Nussdorf.«

Im Fall Biogas bekommt Judith bald ihre Aufgabe. Sie muss alle Geschäftspapiere des Konerfritz in Lippertsreute mit einem Beamten zusammen beschlagnahmen und dann durchgehen. Auch die Papiere von der stillgelegten Werft soll sie sicherstellen. Schneider und Breunecke gehen unterdessen die Berichte des Pathologen und des Brandexperten durch.

Der Pathologe errechnet aufgrund der Untersuchungen, dass Ellen Koner genau in der Zeit mit einer Mistgabel erstochen worden sein muss, als ihr Ehemann zum Einkaufen fort war. Er kann also nicht der Täter sein. »So ein Mist«, kommentiert Schneider das, »jetzt geht die Suche im Dorf los. Denn wenn es der Fritz Koner nicht war, muss es jemand sein, der sich gut auf dem Hof auskannte. Also ein Ökogas-Fritze, mit dem der Koner zusammengearbeitet hat, oder ein Nachbar. Und dann muss das Tatwerkzeug doch noch irgendwo zu finden sein! Und wenn das mit der Sprengfalle an der Tür stimmen sollte, wie ich vermute …«

»Vergessen Sie nicht die Möglichkeit, dass der Konerfritz eine Geliebte haben könnte, welcher die Ellen Koner im Wege stand …«, wirft Bernd ein, »und dass die Explosion nur eine ungewollte Nebenerscheinung darstellt.«

»Glaube ich nicht, Breunecke«, schüttelt Schneider den Kopf, »Mord und Brand passen so gut zusammen, dass es kein Zufall sein kann. Und der Konerfritz ist kein Frauentyp, hat eher an Metall als an Frauen gebastelt. Die Ellen hatte – wie mir Dr. Lange andeutete – schon ziemliche Schwierigkeiten, den Fritz mal ins Bett zu bekommen. Die hat sich doch nicht umsonst einen Liebhaber genommen.

Kann ich mir also kaum vorstellen, dass da eine Frau im Spiel war. Und: Wenn Frauen zustechen, dann mehr als einmal! Aber wir werden sehen und hören!«

Als sie den Expertenbericht durchgehen, findet sich nichts von einer Sprengfalle. Sie müssen den Konerfritz und den Nachbarn noch einmal genauer befragen, wie das beim Betreten des Hauses abgelaufen ist.

Ein anderer Teil des Berichtes weist darauf hin, dass am maroden Gärturm manipuliert wurde. Mit einem kupfernen Spitzmeißel ist das marode Blech an einer Stelle durchschlagen worden. Im so hergestellten Loch war der Schweißkopf der Autogenschweißanlage zusammen mit dem Kupfermeißel fest gepicht. Verschmorte Reste von Hanf und Panzerklebeband rings um das Loch und am Gerät selbst verraten das. Und in der Nähe, wo sich dieses Blech fand, lagen auch die Gasflaschen der Auotogen-Schweißanlage mit dem Wagen. Der Experte hat also den Beweis, dass Sauerstoff in den Gärtank geleitet wurde, wahrscheinlich auch noch Azetylengas, um ein Explosivgemisch zu erzeugen. Denn die beiden Flaschen waren beim Auffinden ziemlich leer. Darauf, wie die Zündung erfolgte, will er sich noch nicht festlegen, weil sich Azetylen von selbst entzünden kann, wenn es über Kupfer strömt. Und im Bereich des Explosionszentrums hat er außer dem Kupfermeißel auch noch Kupferblech gefunden. Der Brandstifter muss also ein Experte sein.

Als Bernd seine Fotografien durchgeht, fällt ihm eine Brandspur auf, die sich unter dem Blechgewirr des zerstörten Gärturms wie eine Schlange herzieht. Trotz der überall verteilten Reste der Gärmasse ist dies zu erkennen, aber eben nur auf dem Foto. »Chef«, sagt er, »schauen Sie mal hier die Brandspur an: die führt weg vom geplatzten Gärturm Richtung Haus. Und vor dem Haus ist ein großer Brandfleck auf dem Boden. – Der Konerfritz ist doch Raucher. Haben manche Raucher nicht die dumme Angewohnheit, ihre brennenden Zigarettenstummel wegzuwerfen, bevor sie ihr Haus betreten? Dann musste der Brandstifter oder Bombenleger nur den passenden Platz mit Benzin und Pulver aus Gewehrpatronen oder ähnlichem Zeug präparieren. Wir haben in der Grundausbildung beim Bund auch einmal mit dem Pulver aus Plastik-Übungspatronen eine riesige Spirale auf dem Manövergelände angelegt und in der Mitte den Inhalt von drei Blendfallen in einer Bodenvertiefung aufgeschüttet. Hat funktioniert und war für uns bei der Nachtübung ein Riesenspaß, wie das Feuer die Spirale entlang zischte, bis dann in der Mitte der Feuerbrunnen hochging. – Die Spuren waren am Morgen danach ähnlich. Und man konnte diese noch ein Jahr lang im Gras sehen.« »Wird wohl so sein, Breunecke«, knurrt Schneider, »da haben Sie damals in Ihrer pyromanischen Anwandlung aber ganz schön viel Geld der Steuerzahler verpulvert! – Sprechen Sie den Experten auf die Brandspur an und lassen Sie ihn die Reste untersuchen. Und den Nachbarn fragen Sie auch noch mal. Der muss das doch auch gesehen haben, wenn dort der Zündpunkt lag. – Und dann reden Sie mit dem Brandexperten auch über das Foto hier, das er gemacht hat. Fragen Sie warum. Sieht aus wie ein Schweinekober, am Boden dunkle Flecken. Fragen Sie ihn und schauen Sie mit ihm zusammen noch mal die Stelle an. Er muss doch einen Grund gehabt haben für diese Aufnahme.«

In Sachen Himbeerschlag gibt es auch Ergebnisse. Der Bericht des Pathologen bestätigt den Verdacht bezüglich des Skeletts. Fundort und Tatort können nicht übereinstimmen. Das Opfer muss schon mindestens zwei Jahre vor dem Verbringen an den Leichenfundort getötet worden und im vergangenen Jahr vor Wintereinbruch oder spätestens am Ende der Schneeschmelze im Dickicht des Himbeerschlags abgelegt worden sein. Das erklärt auch, warum weder den Leuten im Weiler ›Häusern‹, noch Spaziergängern, Pilzsuchern und Himbeerpflückern ein Geruch aufgefallen ist.

Bis zum Frühlingsende müssen die Reste mitten in dem Gestrüpp verwest gewesen sein. Dennoch soll Bernd bei den Höfen nachfragen, wenn er die Spurensicherer am Fundort besucht.

Die Leute im Weiler ›Häusern‹ meinen wenig später, als Bernd nachfragt, dass der Jäger schon so manches Wild im Gestrüpp des Himbeerschlages habe verludern lassen. Solch ein Geruch sei nichts Besonderes für sie. Vor allem angeschossene Wildschweine verkröchen sich gerne dort. Und die Hunde hätten wenig Lust zu folgen. Ein angeschossenes Schwein sei denen zu gefährlich.

Weil Bernd gesehen hat, dass zwischen allem Gestrüpp junge Fichten angepflanzt, allerdings überwuchert sind, fragt er nach dem Besitzer des Grundstückes und erfährt, dass dies der Bauer Koner aus Lippertsreute sei. Der habe nach dem großen Windbruch beim Orkan Lothar die Reste abgeholzt und dann alles liegen gelassen, weil man für das Bruchholz sowieso nichts bekommen habe. Er habe ihnen aber erlaubt, die Äste als Feuerholz zu holen, da ihm der Abtransport zu mühsam gewesen sei. Vor drei Jahren sei dann eine Pflanzungsaktion erfolgt. Nur der Koner und eine Frau hätten da gearbeitet. Und danach sei alles wieder verwildert.

»Und«, sagt ein Bauer aus Häusern am Ende, »in jedem Herbst und Frühjahr, wenn das Gestrüpp mit den Brennnesseln und dem Gras dazwischen völlig ausgetrocknet ist, haben wir Angst, dass es abbrennt. Eine hineingeworfene Zigarette reicht. Wir haben den Konerfritz schon mehrfach aufgefordert, was zu tun. Aber der fängt an einer Ecke an, macht ein paar Tage was, und dann bleibt alles wieder liegen. Wir müssen wohl warten, bis die Pappeln und Weiden hoch genug gewachsen sind, um Gras und Brennnesseln zu ersticken. Aber das kann dauern, weil der Konerfritz im Winter, wenn er sonst nichts zu tun hat, mit der Kettensäge kommt und die jungen Weiden und Pappeln kappt und liegen lässt.« Bernd bedankt sich für die Auskünfte. Dass der Himbeerschlag mit dem Skelett darin dem Konerfritz gehört, gibt der Sache einen merkwürdigen Beigeschmack. Bernd wird seinen Verdacht mit dem Chef erörtern, sobald er wieder im Büro eintrifft, denn das Gespräch mit Dr. Langes Emissär in Sachen Nussdorfer Taucherleiche steht inzwischen an.

Was Schneider und Breunecke von Dr. Langes Abgesandtem, einem Kriminalsekretär, zu hören bekommen, gefällt ihnen wenig. Sie sollen die Ermittlungen in Nussdorf auf das Notwendigste beschränken und die Managerschule möglichst wenig stören. Befragungen des Personals sollen diskret durchgeführt werden. Die Teilnehmer der Tauchgruppe des fraglichen Tages und deren Führer sind zu vernehmen. Dann ist die Sache abzuschließen und an Dr. Lange abzugeben. Fragen an die Angehörigen des toten Tauchers aus Hamburg sollen insgesamt nur über Dr. Langes Dienststelle laufen. Bei besonderen Vorkommnissen ist Dr. Lange direkt zu verständigen. Damit wird Egon Schneider eine neue Handynummer überreicht, unter der Dr. Lange in diesem Fall zu erreichen ist.

»Chef, da stimmt mit Leiche und Managerschule was nicht«, legt Bernd los, als der Emissär gegangen ist, »wir sollen ermitteln, aber nicht ermitteln. Am besten ermitteln wir überhaupt nicht.« »Hätten Sie schon Recht, Breunecke«, seufzt Schneider, »aber Dr. Lange nervt uns, wenn wir gar nichts machen. Tun wir ihm also den Gefallen, sonst streicht er mir die vorzeitige Pensionierung, und Ihnen legt er auch Steine beim Wechsel nach St. Gallen in den Weg. Schreibt Ihnen nicht das passende Zeugnis. Die richtigen Ermittlungen werden wir schon unter der Hand hinbekommen. Ein Schelm ist, wer hier Schlechtes denkt. Wir werden uns nicht an die Kette legen lassen. Also sind wir offiziell diskret und schmeißen inoffiziell mit Steinen, bis wir den Richtigen treffen. Schauen wir uns die Managerschule also in Ruhe an und befragen die Herrschaften dort. Später wird wohl auch der Pathologe was zu berichten haben. Und dann können wir noch einmal nachhaken.«

Montag, 31. August 2009, später am Morgen Managerschule

Ein paar Minuten später stehen Schneider und Breunecke in Nussdorf vor der Villa. »Tolle Schilder hier!«, bemerkt Bernd und weist seinen Chef auf die drei Messingschilder neben der Tür hin. ›Managementschule Nussdorf‹, ›Tauch- und Surfschule Nussdorf‹, ›Swiss Current – Filiale Nussdorf – Beratung nur nach vorheriger Anmeldung‹. »Das dritte Schild überrascht mich«, meint Schneider nach einem kurzen Blick, »aber genau betrachtet, passt doch alles zusammen.« Als sie klingeln, öffnet ihnen Edwin Eberle und schaut sie erstaunt an. »Na, haben Sie hier einen neuen Job als Pförtner gefunden, Eberle«, pflaumt Schneider, »bis Ihr Verfahren beginnt?« »Danke der Nachfrage, Herr leitender Kriminalrat«, antwortet Eberle förmlich, »wie Sie vielleicht demnächst erfahren, muss das Verfahren gegen mich eingestellt werden. Es gibt rein gar nichts, wofür man mich belangen könnte.« – Schneider ist wütend. Doch ehe er etwas Böses sagen kann, fragt Bernd interessiert: »Und was treiben Sie hier, Herr Eberle?« – Versöhnlich kommt es dann von Eberle: »Hier habe ich das komplette Hausmanagement mit der Terminplanung übernommen. Das wird wesentlich besser bezahlt als die nervige Redakteursarbeit beim ›Markdorfer Blick‹ oder ›Nussdorfer Boten‹*. Dazu kann ich in der Freizeit die anderen Angebote des Hauses, nämlich Sauna und Segelboot, kostenlos nutzen, theoretisch zumindest. Die Dienstwohnung spart außerdem Ausgaben und unnütze Steuern. – In welcher Sache wollen Sie mich nun sprechen?«

*) Edwin Eberle war in ›Lokalredaktion‹ ISBN 978-3-938340-52-3 einer der Haupt-Verdächtigen und wurde von seiner Zeitung ›Markdorfer Blick‹ später wegen interner Spannungen und dubioser Maßnahmen entlassen. Zuvor war er lange beim ›Nussdorfer Boten‹ als Redakteur ohne Festvertrag tätig.

Schneider erklärt es, während sie Eberles Büro aufsuchen. Eberle hört zu, während er im Computer verschiedene Punkte aufruft.

»Also«, sagt er dann, »der Herr Heinrich Funke aus Hamburg ist am Samstag, 15. August, angereist und hätte am Samstag, 29. August, wieder abreisen sollen. Er hatte unseren Kurs ›Haltepunkte und Teamarbeit in Stresssituationen‹ belegt. Zu diesem Kurs gehören begleitend ein kleiner Tauchlehrgang oder ein Segel- oder Ruderkurs. Denn all das stärkt die Teamarbeit. Funke gehörte zunächst zum Segelteam und wechselte dann zum Tauchen. Etwas ungewöhnlich, fand ich. Beim Tauchen am Mittwochmorgen hat er sich dann entgegen der Anweisung des Tauchlehrers im trüben Wasser von der Gruppe entfernt. Der begleitende zweite Tauchlehrer konnte das nicht verhindern. Bei der Rückkehr vom Tauchgang wurde das gemeldet. Danach sind die Lehrer der anderen Tauchgruppe mit den beiden samt Boot und Ortungsgerät noch mal raus, fanden aber nur die Kapsel mit dem Sender, die an jedem Tauchanzug mitgeführt wird. Der Herr Funke hatte diese wohl abgerissen. – Sie können sich vorstellen, wie trübe der Abschiedsabend am Freitag war. Die Damen aus Friedrichshafen, welche sich die Herren alle bestellt hatten, konnten wir gleich wieder nach Hause schicken. Es kam gar keine Stimmung auf. Der Herr Funke war schon eine Marke. Kannte sich überall beim Segeln und Tauchen schon aus. Von Stress keine Rede. Wollte sich wohl nur einen bezahlten Firmenurlaub und Urlaub von der Familie gönnen. Bei ihm zu Hause hat sich keiner gemeldet. Weil das selten vorkommt, …«

»Lassen Sie mal«, unterbricht ihn Schneider, »die Daten vom Herrn Funke können Sie uns alle ausdrucken. Mich interessiert nur, ob Herr Funke unter den Herren der beiden Managergruppen – so viele sind es wohl gleichzeitig – einen besonderen Kontakt hatte und dann, ob er sich auch eine Dame aus Friedrichshafen bestellt hatte.« »Natürlich hatte der sich eine Dame bestellt, sogar zwei«, platzt Eberle heraus, »und das waren zwei ganz komische Nudeln! Ich kann Ihnen was sagen! Die sind trotz Abbestellung am Freitag hier erschienen, wollten alles wissen und sich gar nicht wegschicken lassen. Das war ein Theater! – Unter den Herren hat sich der Herr Funke, viel konnte ich ja nicht beobachten, mit einem Schweizer angefreundet. Den Namen suche ich Ihnen heraus. Mit dem wollte er demnächst eine private Segeltour auf dem Bodensee veranstalten, wenn ich das richtig mitbekommen habe. Kontakte von Manager zu Manager knüpfen gehört ja auch zum Lehrgang.« »Und hat er sich auch für Geldanlagen interessiert?«, bohrt Bernd nach. »Mag sein«, stutzt Eberle, »aber Geldanlage ist nicht mein Gebiet. Da müssen Sie den Chef selbst fragen oder seinen direkten Vertreter. Der Chef leitet das Gebiet, der Vertreter macht das inhaltliche Lehrgangsmanagement und holt hochkarätige Spezialisten für die verschiedenen Sach-Gebiete heran. – Im Augenblick ist der am Flugplatz in Friedrichshafen. Dort holt er einen Dozenten ab, den er unterwegs noch instruieren muss, was genau läuft. Der Chef ist zurzeit in der Schweiz. Aber wie Sie merken, läuft auch so alles bestens!.«

»Drucken Sie uns alles aus, damit wir es gleich mitnehmen können«, sagt Schneider, »ich warte hier, und Breunecke sieht sich inzwischen das Bootshaus und die Tauchschule an. Sind Tauchlehrer da, die er sprechen kann?« »Die Tauch- und Segelehrgänge fangen immer erst am Mittwoch der ersten Woche an«, erwidert Eberle, »heute wäre es ein Zufall, einen Tauchlehrer anzutreffen. Die zwei Segelboote sind mit je einer Crew unterwegs, und die zwei Riemenvierer machen ein Rennen. Es ist also niemand im Haus oder Bootshaus. Aber ansehen kann Herr Breunecke sich das natürlich gern.«

Als Bernd eine halbe Stunde später wieder auf seinen Chef trifft, studiert dieser im Auto bereits eifrig die Ausdrucke, welche ihm Eberle mitgegeben hat.

»Ihr Resümee, Breunecke«, blickt er kurz auf, während Bernd einsteigt und den Anlasser betätigt. »Komisches Bootshaus, Chef«, reagiert Bernd. »Müsste man mal unter Wasser betrachten, was damit los ist. Der Zufahrtkanal ist tiefer ausgehoben als üblich, und im hinteren Teil kann man eine verschlossene Eisentür unter Wasser erkennen. Die Tauchschule ist ganz auf Zack, wie ich an den Anzügen sehen konnte und an den modernen Oktopussen. Die Befüllanlage für die Pressluftflaschen ist auch in Ordnung. Und dann scheinen die ein Elektroboot zu besitzen, wenn ich nach den Steckdosen und sonstigen Einrichtungen gehen darf. Umweltfreundlich, leise. Das Boot liegt aber weder im Kanal zum Bootshaus, noch vorne am Steg. Einen Tauchlehrer habe ich auch nicht angetroffen.« »Dann rufen Sie später den Eberle an, Breunecke, dass er Ihnen die beiden Tauchlehrer oder gleich die vier einbestellt; und klären Sie das mit dem Elektroboot«, ordnet Schneider an. »Ich habe die Papiere durchgesehen und mir die Sachen des Toten zeigen lassen. In seinem Koffer lag ein interessanter Prospekt der Anlageabteilung mit Notizen des Toten darin. Den haben die wohl beim Filzen übersehen, als sie sein Zeug zusammenpackten. Wir haben es mit einem Mord zu tun, wenn meine Vermutung stimmt. Der Pathologe muss alle Möglichkeiten des angeblichen ›Tauchunfalls‹ abklären Mit dem Herrn Funke stimmt nämlich was nicht. Deswegen ist der Dr. Lange auch so merkwürdig. Ich zeige es Ihnen heute Nachmittag im Büro. Sprechen Sie erst mal mit Judith, was sie bei Konerfritzens Papieren herausgefunden hat. Und machen Sie dann Pause.«

Judith ist in heller Aufregung, als Bernd im Büro eintrifft. »Stell Dir vor«, legt sie los, »der Fritz Koner hatte geschäftlich mit der Villa in Nussdorf zu tun. Mit der Tauchschule zumindest. Hat irgendwelche verschraubbare Rohre für die montiert, die mit Druckluft gefüllt wurden und lenkbar waren, wenn ich die Zeichnungen richtig verstehe. Die Dinger sehen fast so aus wie Torpedos. – Kannst Du Dir einen Reim darauf machen?«

»Nee«, meint Bernd, als er die Zeichnung zur Hand nimmt, »sehr komisch. Pressluftantrieb statt elektrischem Propeller. Gut dosiert, sicher sehr leicht und leise, und es kann sich nichts im Propeller verfangen. Fällt aber über Wasser wegen der Blasen leicht auf. Die machen hier wohl kein Torpedoreiten unter Wasser mit solchen Dingern. Im Bodensee ist dafür keine Sicht. Und Über Wasser kriegen die wohl Schwierigkeiten. So etwas wird kaum zugelassen. Ich muss die Zeichnungen mit einem Experten durchsehen und dann im Bootshaus der Villa nach den Dingern suchen. Dann weiß ich auch, was davon zu halten ist. – Gehen wir erstmal zum Mittagessen. Kalle wartet wohl schon im ›Pfännle‹.«

Montag, 31. August 2009, Mittag
Pausengespräch

Heute nehmen Judith und Bernd ›Rösti mit Schweinerücken vom Grill‹ und lassen sich dazu zwei Bestecke und das obligatorische Apfelschorle bringen. »Mehr packt Ihr wohl nicht«, kommentiert Kalle das grinsend, »dabei seht Ihr schon so aus wie zwei Striche in der Landschaft. Wenn Ihr segeln wollt, braucht ihr ein bisschen mehr zum Beipacken. – Nun rückt mal raus, was Euch drückt. Danach sing ich Euch ein paar Strophen vom Konerfritz.«

Nachdem Judith die Sache mit dem Boot im Garten erzählt hat und vom Bootshaus an der Mündung der Thurgauer Aach, meint Kalle. »Da wird der Olli Euch gern helfen, wenn er Zeit hat. Das mit dem Einschätzen der Arbeiten am Boot sowieso. Und das Andere: Ich erinnere mich, dass er davon erzählt hat, beim letzten Mal genau an der Stelle, von der Du erzählst, weggescheucht worden zu sein, als er Rorschach anlief. Und das, obwohl er den Dreihundertmeter-Abstand nicht unterschritten hatte. Aber ein Schweizerisches Polizeiboot hat ihn weg gewiesen. Da konnte er nichts machen. Und wenn Ihr mit dem Segelboot nicht nahe genug herankommt, dann fahrt doch mit einem Paddelboot die Thurgauer Aach runter und macht die Schleife zum Bootshaus. Für Ruderboote gilt der Abstand nicht. Wenn die Polizei Euch dann anhält, findet Ihr schon eine dumme Ausrede. – Lasst Euch nur nicht Euer Eigentum abschwatzen. Wenn ich noch mobil wäre, wäre ich sofort dabei!«

Was Kalle danach über den Konerfritz erzählt, ist auch nicht lustig. »Der Konerfritz hat die Werft vor Jahren von einem Onkel geerbt. Solange die Eltern den Hof in Lippertsreute noch bewirtschafteten, gab's keinen Ärger. Ordentliche Reparaturen an Booten mit Eisenrumpf. Von Holz hatte er nämlich wenig Ahnung. Er baute Katamarane aus großen Blechrohren, an die er unten einen Blechkiel schweißte. Vorn waren die Dinger einfach mit einem spitzen Konus versehen. Hinten hatten die Rohre Steuerruder, die miteinander verbunden waren, und in der Mitte der Plattform gab es noch ein versenkbares Schwert. Die Dinger waren praktisch unsinkbar, lagen gut im Wasser und waren gutmütig zu segeln, weil die Segelfläche unterdimensioniert blieb. Ein Kunde hatte dann bei seinem Katamaran den Mast eigenmächtig erhöht und die Segelfläche vergrößert. Obwohl der Konerfritz das belegen konnte, wies ihm das Gericht an dem Unglück mit einem Ertrunkenen eine Mitschuld zu, weil er den Kunden nicht ausdrücklich auf die Kentergefahr bei Veränderungen an den stehenden und laufenden Teilen hingewiesen habe. Danach schlug immer wieder ein Katamaran aus seiner Produktion unter merkwürdigen Umständen auf einer Seite leck, musste Romanshorn, Arbon oder Rorschach anlaufen und wurde dort wieder geschweißt. Der Konerfritz galt danach als schludrig und musste sich auf allerlei undurchsichtige Sonderaufträge einlassen. Die sollten ihm aus der Finanzklemme helfen. Die Eltern haben nämlich im Testament festgelegt, dass er den Hof erhalten muss. Damit ging also die Werft am Ende den Bach runter. Sie steht zum Verkauf, aber keiner will sie haben. Zurzeit soll die dazu gehörende Halle mit Bootshaus verpachtet sein. Was der Konerfritz an Kleinaufträgen hat, erledigt er auf dem Hof in seiner Werkstatt. Von Pfusch habe ich bei genauer Nachfrage aber nirgends was gehört.«

Das klang schon ganz anders als das, was der Experte über die Werft gesagt hatte. Bernd musste da wohl noch einmal nachhaken. Aber wichtiger war ihm im Augenblick die Sache mit der Leiche des Tauchers, die sie übersegelt hatten. Als Bernd von Herrn Funke aus Hamburg redet, macht Kalle auf einmal ein ernstes Gesicht. »Davon lasst besser die Finger, Bernd«, meint er bedächtig. Ich kann mich zwar täuschen, aber ›Funke aus Hamburg‹ ist eine Nummer zu groß für Euch. Ist natürlich nur ein Tarnname. Da hängt nicht nur das LKA dran. Das geht eine Stufe höher. Und da geht es um Sachen, die man besser nicht wissen soll. Seht Ihr ja am toten Taucher. Hatte seine Nase wohl zu tief rein gesteckt. – Nee, da lasst lieber die Finger weg. Sonst erwischt es Euch am Ende auch noch. Wäre ein herber Verlust. – Aber wie war das mit der Brombeermarmelade? Erzählt noch mal. Jetzt könnte ich ein Gläschen für meine Tante gebrauchen. Habt Ihr noch eins übrig?« Als Bernd ihm aber erklärt, warum alle Gläser schon verschenkt sind und Brombeermarmelade für ihn in nächster Zeit tabu ist, muss Kalle grinsen und meint. »Kann ich verstehen. Mich würde das auch aus den Pantinen heben. Schärft dem Olli ein, dass er nix erzählt, wenn Ihr am Wochenende mit ihm hinsegelt und Eure Mutter zufällig Brombeermarmelade auf den Tisch stellen sollte.«

»Dennoch war es eine erfolgreiche Brombeerernte, Kalle«, schließt Judith ab, »auch wenn uns dann das

Gerippe alles verdorben hat. – Und Du sagst jetzt bitte nichts, wenn ich das Weizen zahle.« »Ist okay«, grinst Kalle, »ich sag das aber jetzt nur, damit Du nicht das letzte Wort hast. – Und Mast und Schotbruch am Wochenende!«

Montag, 31. August 2009, Nachmittag Auswertungen

»Während Sie heute das Bootshaus und Anlegestelle in Nussdorf abklapperten, Breunecke, und der Eberle mir die Ausdrucke von zentralen Drucker holte«, leitet Schneider die Besprechung ein, »habe ich im Büro noch ein paar Prospekte abgefischt, Breunecke, die nicht für jedermann, sondern für die an den Kursen teilnehmenden Manager bestimmt waren. – Sehr interessant, kann ich Ihnen sagen. Habe alle in der Mittagspause studiert und dann unter ›www.managerkurse-ueberlingen.de‹ nachgeschaut. Noch interessanter! Wenn Sie den verschiedenen Links folgen, landen Sie am Ende bei dem Schweizer Geldanlageinstitut ›Swiss Current‹, das auf eine Filiale in der Nussdorfer Villa hinweist, ›wo man auch höhere Bargeldbeträge sicher in Schweizer Papieren anlegen kann‹.« »Damit dürfte klar sein, warum Dr. Lange die Sache unter dem Deckel halten will«, wirft Bernd ein, »eine heiße Nummer. Kalle hat uns einige Dinge über den Konerfritz erzählt und uns gewarnt, ›Funke aus Hamburg‹ sei nur ein Tarnname.« Und dann berichtet er und schließt: »Es geht also wohl um Geldwäsche in größerem Stil und um Geldtransfer in die Schweiz. Wirklich heiß! Und der Kollege Funke war wohl zu neugierig, wie ich annehme.« »Gerade das wollte ich Ihnen erklären, Breunecke«, nickt Schneider, »damit Sie nicht unvorsichtig werden. Funke war eingeschleust. Ich habe seine Daten nach den Papieren eingeben, die mir

Eberle übergeben hatte. Nichts im Polizeicomputer auffindbar. – Und bei der Telefonnummer meldete sich nur eine Männerstimme mit ›Hallo‹. Kurz darauf rief mich Dr. Lange an, dass ich mich raushalten solle. – Als ich ihm erklärte, dass wir am Bodensee mit einem toten Taucher pro Sommermonat schon genug hätten und dass er, bittschön, seinen jetzigen eingeschleusten Mann schleunigst zurückziehen solle, weil der wohl auch so ungenügend mit einer Hintergrundgeschichte getarnt sei wie der Kollege Funke, hat er ›Scheiße‹ gesagt und aufgelegt. Wir müssen also wieder zur Villa und beobachten, wer abreist. Den packen wir uns zur Befragung. – Sie gehen rein und sprechen mit den Tauchlehrern, denn vom Tauchen verstehe ich einen Dreck. Ich beobachte währenddessen. Unsere Kollegen von der Wasserschutzpolizei habe ich schon eingeweiht. Sie kontrollieren alle Insassen, wenn ein Boot ablegt. – Und wenn Sie den Kalle wieder mal treffen, dann fragen Sie ihn bittschön, wer die Katamarane vor Romanshorn oder Rorschach zu Bruch gefahren hat und in welcher Werft sie jeweils repariert worden sind. Das scheint mir nämlich auch wichtig. – Und jetzt los zur Villa!«

»Und was mache ich in der Zeit, Chef?«, fragt Judith. »Sie suchen raus«, wirft Schneider im Abgehen in den Raum, »ob der Konerfritz auch direkte Geschäftsverbindungen zur Villa in Nussdorf hatte, und wenn ja: welche. Und falls danach noch Zeit ist, rufen Sie doch bitte schon mal den Kalle an und fragen nach den Katamaranen. Sie sind ja im Bilde, um was es geht, Judith!«

Montag, 31. August 2009, Nachmittag Villa in Nussdorf 2

Als Schneider und Breunecke an der Villa in Nussdorf eintreffen, verlässt Eberle gerade das Haus. »Habe in der Stadt zu tun«, erklärt er grinsend, »muss mich um die Organisation des Abschiedsabends kümmern. Einige der Herren haben da Sonderwünsche. Bin in einer Stunde zurück. Wenden Sie sich an den Stellvertreter des Chefs. Der ist im Hause und wird Sie gern begrüßen. Erster Stock, Zimmer 1. – Und gute Verhandlung!«

Als ihnen die Tür zum Zimmer 1 geöffnet wird, wissen Schneider und Breunecke, warum Eberle gegrinst und ihnen ›gute Verhandlung‹ gewünscht hat. Vor ihnen steht Gregor Vettl, vor einem Vierteljahr noch leitender Lokalredakteur beim ›Nussdorfer Boten‹. Und Gregor Vettl ist gar nicht freundlich. Winkt sie nur herein, deutet stumm auf zwei Stühle, fläzt sich dann auf den Sessel hinter seinem Schreibtisch. »Sparen Sie sich gleich die Nachfrage nach meiner Gerichtsverhandlung, Herr Kriminalrat Schneider«, belfert er los, »es ist schon genug, dass Sie meinen Mitarbeiter Eberle damit dumm angemacht haben. Zu einer Verhandlung wird es bei mir nämlich auch nicht kommen. Höchstens ein kleines Bußgeld wegen des bisschen Koks zum Eigengebrauch. Und bei der Führerscheinsache, die Sie mir eingebrockt haben, werden Sie auch noch Ihre Freude erleben*. – Aber Schluss mit den alten Sachen. Hier in der Managervilla habe ich einen Bombenjob erwischt. Und der ›Nussdofer Bote‹ muss mir noch eine Riesenabfindung zahlen. Konnte gar nicht besser für mich laufen. – Fragen Sie mich also, was nötig ist. Ich antworte, soweit ich darf und kann.«

*) Gregor Vettl war in ›Lokalredaktion‹ ISBN 978-3-938340-52-3 einer der drei Haupt-Verdächtigen und wurde von seiner Zeitung ›Nussdorfer Bote‹ danach wegen dubioser Maßnahmen und unhaltbarer Verträge entlassen. Zuvor war er dort lange als Leitender Lokalredakteur tätig.

»Gratuliere zu dem neuen Job, Herr Vettl«, meint Schneider mit einer offenen Handbewegung, »nur glaube ich nicht, dass Sie daran lange Freude haben werden. Da gibt es nämlich einige Punkte, die wir klären müssen. Und für Sie hoffe ich, dass Sie damit am Ende nichts zu tun haben.«

»Na, da bin ich aber gespannt«, bemerkt Vettl ironisch, »wahrscheinlich sehen Sie wieder nur irgendwelche Gespenster oder erfinden ominöse Zusammenhänge. – Schießen Sie los. Sie haben doch nichts dagegen, wenn ich das Gespräch aufzeichne, damit ich meinem Herrn und Meister authentisch berichten kann, sobald er aus Zürich zurück ist.« – »Wir können Sie zwar nicht hindern, irgendetwas aufzuzeichnen, Herr Vettl«, wird Schneider nun laut, »aber ich warne Sie, jemals etwas davon irgendwo und irgendwie zu verwenden, weil ich mein Einverständnis nicht gegeben habe. – Nur damit das klar ist! – Breunecke notiert das Gespräch. Und Sie unterschreiben morgen in unserer Dienststelle das Protokoll. Alles Andere ist für uns unverbindlich. – Und nun erzählen Sie uns mal was über die Bereiche der Villa, die Sie verwalten. Fangen wir mit dem ersten Komplex an: Wie viele Manager befinden sich jeweils im Kurs? Wer bezahlt den Kurs? An wen geht der Bericht über den Kurs? Welche Einsicht erhält der Kursteilnehmer in seine Beurteilung?«

»Nun, das ist einfach«, lacht Vettl, »wer zahlt, schafft an. Ist doch klar! Der Kursteilnehmer darf am Ende eine Selbsteinschätzung abgeben, die wir mit ihm kritisch durchgehen. Der Bericht selbst geht an denjenigen, der den Kurs bezahlt. Dem Teilnehmer zu verkünden, ob er den Ansprüchen seines Betriebes genügt, ist Sache des Betriebes. Dieser kann dem Teilnehmer natürlich die Beurteilung offen legen. Da mischen wir uns nicht ein. Nur in krassen Fällen geben wir eine unverbindliche Empfehlung von Mund zu Ohr an die entsprechende Stelle, niemals schriftlich! Damit sind wir aus der Schusslinie. – Es sind übrigens immer achtzehn Teilnehmer im Haus. Das heißt jeweils neun in einem vierzehntägigen Kurs. So verläuft der gruppendynamische Prozess optimal, und bei Teilungen haben wir vier zu fünf. Das ist ergibt einen echten Ansporn im konkurrierenden Verfahren. Die Kurse beginnen wöchentlich versetzt. Damit haben wir die Möglichkeit, hervorragende Leute aus der einen Gruppe bei Neulingen der anderen Woche bereits Verschiedenes ausprobieren zu lassen.«

»Scheint ein gesundes System zu sein, Herr Vettl«, nickt Schneider. »Und wie passte nun der Herr Heinrich Funke in diese Kombination von Stress und Belohnung? Wohin ging oder geht sein Bericht?«

»Das ist eine etwas schwierige Sache«, grinst Vettl, »einerseits war der Herr Funke eine echte Betriebsnudel und hatte schon nach zwei Tagen seine Vierergruppe und dann auch die Neunergruppe voll unter Kontrolle. War von allen als Führungspersönlichkeit anerkannt. Man kann sagen, dass alle auf sein Kommando hörten, auch wenn er das gar nicht beanspruchte. Und sportlich war er sowieso immer vorne dran. Eine echte Ausnahmeerscheinung also. Andererseits: Als wir ihm deshalb andeuteten, dass wir ihn in der zweiten Woche in der Neulingsgruppe einsetzen wollten, hat er geblockt, wollte partout nicht. Ging der B-Gruppe sogar schon beim ersten gemeinsamen Essen am Samstag aus dem Weg. Setzte sich mit einem Kumpel aus der Schweiz von den Anderen ab, hatte mit dem nur noch Fragen der Geldanlage und Segelpartien auf dem Bodensee im Kopf. Auffällig für mich. Denn der Geldanlagebereich ist reine Chefsache. Habe das also dem Chef gesteckt. Der hat beide zu sich bestellt. Der Schweizer ist danach noch am Sonntag abgereist. Heinrich Funke ist geblieben, hat zugesagt, in der Neulingsgruppe am Mittwochnachmittag einen Vortrag über Gruppendynamik zu halten und zur Ausarbeitung ein Notebook mit Internetanschluss verlangt, weil er den Vortrag und Übungsteile mit Handouts bis zum Dienstag recherchieren und ausarbeiten wolle. – Leider haben wir auf dem Notebook am Mittwochmittag, als er nicht wieder auftauchte, rein gar nichts gefunden. Denn irgendjemand musste den Vortrag ja nun halten. Der letzte Befehl war vermutlich ›Format Hard Disk‹. Es war nur noch das Betriebssystem drauf. Wir mussten das Notebook völlig neu installieren. Der Chef hat es wegen der besonderen Programme mit in die Schweiz genommen. – Wenn Sie mich fragen, hatte der Heinrich Funke bei schriftlichen Ausarbeitungen eine Macke. Sah für mich fast wie ein Borderline-Syndrom aus. Am Dienstag war er recht still und unkonzentriert. Aus meiner Sicht kann er, so ganz im Rückblick, aus Angst vorm Versagen beim Tauchgang am Mittwochmorgen den Schlussstrich gezogen haben. Warum hätte er sonst den Inhalt des gesamten Notebooks gelöscht und die Ortungskapsel von seinem Tauchanzug abgerissen?«

»Verfluchter Mist«, meint Bernd Breunecke, »wann hat Ihr Chef das Notebook mitgenommen? – Da könnte man doch mit einem Rettersystem wohl Einiges restaurieren und sehen, was der Herr Funke gearbeitet hat.«

»Schon möglich«, erwidert Gregor Vettl, »aber als Dr. Amadeus Wendelin Gundermann am Mittwochnachmittag, nachdem er ersatzweise den Vortrag selbst gehalten hatte, in die Schweiz reiste, war noch nicht bekannt, dass das Notebook einmal für Ermittlungen interessant sein würde, und wir müssen ja damit arbeiten. Am Freitag hat Dr. Gundermann es voll funktionsfähig wieder mitgebracht. – Sie können das Gerät gern sehen.«

»Möchten wir auch«, platzt Bernd heraus, »sehr gern sogar!« Als Gregor Vettl verschwindet und kurz darauf mit dem Notebook hereinkommt, wird Bernd nach einer oberflächlichen Untersuchung des Geräts wütend. »Wollen Sie uns verarschen, Herr Vettl? – Das Gerät ist nagelneu. Bestellen Sie Herrn Gundermann, dass er das Notebook, um das es geht, umgehend an uns auszuliefern hat!«

»Woher soll ich das wissen?« zuckt Gregor Vettl mit den Schultern, »ich bin kein Computer-Experte. Aber ich werde es dem Chef alsbald ausrichten.«

»Letzte Frage für heute, Herr Vettl«, grummelt Egon Schneider, »oder besser ›letzter Auftrag‹: Name, Adresse etc. von allen Lehrgangsteilnehmern, die vom 15. bis 29. August noch oder schon hier im Hause waren.«

»Haben wir ein kleines Problem, Herr Kriminalrat Schneider«, zuckt Vettl mit den Schultern, »heute, ungefähr eine Stunde, nachdem Ihnen Herr Eberle die von Ihnen verlangten Daten ausgedruckt hat, ist ein Hacker in unseren Hauptcomputer eingedrungen und hat diverse Sektoren gelöscht. Ein Servicetechniker der Vertragsfirma restauriert alles nach der Letzten Sicherungskopie vom 23. Juli, und Herr Eberle muss dann noch alle Daten mit den zuletzt ausgedruckten Rechnungskopien abgleichen und ergänzen. Die Daten der Teilnehmer kann ich Ihnen morgen zustellen lassen. – Reicht Ihnen das?«

»Muss es dann wohl, Chef«, antwortet Bernd, ehe Schneider etwas sagen kann und zwinkert diesem zu, »und dann, Herr Vettl, wenn Sie das Protokoll gegen zehn Uhr unterschreiben und uns die Daten zustellen, bringen Sie uns auch bitte die vier Tauchlehrer zur Aussage in die Dienststelle mit, denn deren Daten werden Sie wohl auch im Hauptcomputer haben. – Für heute sind Sie mit dem Computerschaden wohl genug beschäftigt. Da lassen wir Sie gern in Ruhe arbeiten.«

»Was sollte dass denn«, faucht Schneider, als sie im Auto sitzen, um zur Dienststelle zurückzufahren, »Sie haben wohl einen Vogel, meine Entscheidungen zu treffen, Breunecke.«

»Sachte, Chef«, kommt es glucksend von Bernd, »die Computerlöscherei kommt sicher nicht von ungefähr. Machen können wir nichts, nur die Aufregung strecken und uns mit Dr. Lange in Verbindung setzen. Vermutlich hat erst Ihr Hinweis auf die mangelnde Tarnung des derzeit Eingeschleusten bei Dr. Lange die Löschaktion ausgelöst, damit der Under-Cover-Typ nicht gefährdet werden kann. Und die Daten vom Notebook werden wohl komplett via Mail beim LKA oder BKA gelandet sein, bevor Kollege Funke ›Format Hard Disk‹ eingegeben hat. Der schlaue Dr. Gundermann hat das Notebook sicher zwecks Datenrettung zu einem Fachmann in die Schweiz getragen, damit er die Mailadresse erfährt, an welche die Daten gegangen sind und auch, welche Daten übermittelt wurden. Dr. Lange und seine Leute haben ein Problem, wenn sie nicht schnell handeln und uns mit den nötigen Fakten versorgen. Also sollen sie dort arbeiten, wo wir uns die Finger verbrennen. Denn wir würden ahnungslos in jede Falle tappen. Die Organisation Gundermann ist nämlich jetzt gewarnt.«

»Und warum bestellen Sie dann die vier Tauchlehrer zusammen mit dem Vettl für morgen ein, Breunecke, wenn wir sowieso noch nichts wissen? Ist das nicht barer Unfug?« mault Schneider. »Zwei Gründe, Chef«, gibt Bernd zurück, »zum einen können wir die vier Knaben erkennungsdienstlich komplett überprüfen, zum anderen haben die Taucher, welche das LKA oder BKA schicken werden, freies Feld, wenn sie das Bootshaus bei der Villa und bei der stillgelegten Werft des Konerfritz in Unteruhldingen untersuchen. Bei beiden Bootshäusern kann was nicht stimmen. Und der Kollege Funke muss auch Fotos gesendet haben, ehe er oder seine Feinde die Daten gelöscht haben. Die muss der Dr. Lange rausrücken. Ich habe keine Lust im Dunkeln zu tappen.«

»Gut, sehe ich ein«, seufzt Egon Schneider, »aber das ist Ihre Idee, und das machen Sie dem Dr. Lange am Telefon selber klar. Ich gucke lieber, was Judith über die Geschäftsverbindungen und Mietverträge des Konerfritz herausgefunden hat. Vielleicht haben wir dann auch einen echten Grund für die Durchsuchung der Werft in Unteruhldingen. So sehe ich da noch kein Land. Stellen Sie das beim Gespräch also ganz nach hinten, bis ich Ihnen einen Zettel ›Werft‹ hinschieben lasse. Und bevor Sie Dr. Lange anrufen, hören wir noch den Pathologen zum Zustand der Taucherleiche.«

Was Schneider und Breunecke vom Pathologen erfahren, bringt sie nicht viel weiter. Funke ist ertrunken. Für einen Taucher ein merkwürdiger Tod. Wenn man mit den Aufnahmen vergleicht, die beim Bergen der Leiche gemacht wurden, sowieso verdächtig! Denn Tauchflasche und Oktopus sitzen richtig, die Schläuche sind intakt. Die Einstellungen scheinen ebenfalls korrekt. Und das Mundstück des Tauchgerätes befindet sich im Mund des Toten. »Müsste eigentlich herausgefallen sein«, meint Bernd sinnend, »wieso spricht der Pathologe dann von Ertrinken. Da kann was nicht stimmen. Der Ablauf beim Tod muss anders gewesen sein. Der Pathologe muss nach Verletzungen im Mundbereich suchen und nach Druckstellen an Armen und Unterschenkeln. Ich denke, dass Funke wohl ertrunken ist, aber weder zufällig, noch freiwillig.«

Montag, 31. August 2009, später Nachmittag
Zähe Verhandlungen

Als Bernd Dr. Lange anruft, ist dieser wenig erfreut. »Sie sollten doch nur …«, versucht er Bernd auszubremsen, doch dann hört er zu, als Bernd ihm den bisherigen Sachverhalt darlegt. »In Ordnung«, lenkt er schließlich ein. »Das mit dem Ertrinken und dem Mundstück ist auch für mich neu. Mit Ihrem Verdacht können Sie Recht haben. Ich lasse heute noch alles Material, das Funke gesendet hat, zusammenstellen und schicke Ihnen morgen einen Kollegen damit vorbei. Sie dürfen alles anschauen und auch

Notizen machen, aber nichts kopieren, sonst bekomme ich Krach mit der anderen beteiligten Stelle. Im Zweifelsfalle rufen Sie mich direkt an. Und wenn Sie etwas Wichtiges finden, das uns weiterbringt, natürlich auch. Wie Sie schon raus gefunden haben, geht es tatsächlich um Schiebereien, welche die Zumwinkel-Affäre* weit in den Schatten stellen.«
»Danke für die freundliche Auskunft, Herr Dr. Lange«, sagt Bernd gerade, als Schneider ihm den Zettel ›Werft‹ rüber schiebt, »übrigens wäre es sicher nützlich, wenn morgen ein paar Taucher des LKA das Bootshaus der Managerschule in Nussdorf und die aufgelassene Werft in Unteruhldingen unter die Lupe nehmen würden. Die Taucher der Nussdorfer Villa haben wir zur Verringerung der Gefahr schon zur Vernehmung einbestellt, und die Kollegen von der Wasserschutzpolizei werden in Abstimmung damit die Segelboote des Hauses beobachten. Ich weise die Taucher kurz ein.« Und dann erklärt Bernd auch diesen Teil.

»Warum übernehmen Sie bei dem Teil nicht selbst die Leitung, Herr Breunecke«, fragt Dr. Lange, als er dem Plan im Prinzip zustimmt, »Sie haben doch – wie ich aus Ihren Papieren gesehen habe, eine Kampfschwimmer-Ausbildung!«

*) Dr. rer. pol. Klaus Zumwinkel war (s. wikipedia) bis zum Februar 2008 Chef der Deutschen Post und Mitglied in der Clique, die sich jährlich im Hotel ›Bilderbeck‹ trifft (Industriekapitäne, Politiker, hohe Regierungsbeamte …). Zumwinkel musste zurücktreten, als herauskam, dass er seit Jahren privat Millionen an der Steuer vorbei in Liechtenstein angelegt hatte und einen Steuerschaden von mindestens 970.000 Euro verursacht hatte (andere Aussagen 1,2 Millionen = 3 Jahre ohne Bewährung!). Das Hauptverfahren wurde nicht eröffnet, weil ein Staatsanwalt das Schreiben zur Unterbrechung der Verjährungsfrist um zwölf Stunden zu spät zustellen ließ (honni soit, qui mal y pense!). Dr. Zumwinkel wurde 2008 nur zu einer Bewährungsstrafe und zur Zahlung von einer Million Euro Bußgeld verurteilt, die er locker aus den 20 Millionen Kapitalabfindung seiner Pensionsansprüche, der 1-Millionen Aktien-Option der Post und einer Rest-Gehaltszahlung von etwa 714.000 Euro begleichen könnte, in der auch eine Bonuszahlung von 480.000 Euro enthalten ist. Das Bußgeld ist jedoch bis heute (Sept. 2009) nicht entrichtet!

»Allerdings auch ein traumatisches Erlebnis am Ende meiner Kampfschwimmerlaufbahn«, kontert Bernd, »das mich bis heute verfolgt. Und ich bin aus der Falle damals nur mit Mühe herausgekommen. Wenn ich keine Verhöre führen müsste, würde ich allerdings allmählich wieder … Kommt Zeit – kommt Rat. Jedenfalls werde ich Ihnen die Ergebnisse Ihrer Leute brühwarm übermitteln.«

»Schon recht, Herr Breunecke«, kommt es nun erleichtert von Dr. Lange, »Sie kriegen die Truppe morgen gegen neun Uhr. Bestellen Sie die Personen aus der Villa also passend zur Befragung ein. Und am Abend spätestens höre ich Ihren Bericht.« Und damit legt er auf.

»Gut gemacht, Breunecke«, kommentiert Schneider das Ende des Gesprächs, »lassen Sie sich von Judith mal alle Verträge und Querverbindungen des Konerfritz zeigen. Und dann schauen wir uns noch mal mit dem Experten zusammen die Werkstatt des Burschen an und mit einem Pathologen die komische Grube, die der fotografiert hat. Mir schwant was! Judith fährt schon zu Ihnen nach Hause. Die will was kochen. Soll eine Überraschung werden, und Sie sollen eine Viertelstunde vorher anrufen, ehe Sie kommen. Mich setzen Sie in Ernatsreute ab, sobald die Sache beim Konerfritz erledigt ist.«

Als Bernd die verschiedenen Auftragsbücher des Konerfritz von Judith gezeigt bekommt, wird er stutzig. Zwei Lieferungen fallen ihm besonders auf:

›Blechrohr, 1 mm Wand
Länge ü. a. 1200 mm
halbzyl. 400 mm Ø
schlankkegel. Verj. a. Sp. 120 mm
Öffng. i. flach. Teil verschraubb. u. wasserd.
Rückteil f. Aufn. Antrieb. Vorb.
durchg. Rohr zw. Spitze und Antr.,
a. flachen. T. Winkelschiene m. Bohrlöchern‹.

Sonst finden sich noch Lieferungen kleinerer, verschraubbarer Zylinder von ca. 150 mm Durchmesser, die an den Enden konisch zulaufen und Ösen an den Spitzen tragen. »Wenn das Plastik wäre«, überlegt Judith, »sähen die Dinger für mich aus wie Boots-Fender*.« »Könntest Recht haben, vielleicht werden die Dinger auch nur orange angestrichen und dann so verwendet«, antwortet Bernd, und ihm wird es unheimlich. So etwas hat er vor Jahren schon einmal gesehen. Und das war damals wenig erfreulich. Sie müssen die Werkstatt unbedingt genauer durchsuchen. Die Notiz ›L.I.R. Lfrg. Hdy! bar!‹ gibt weitere Rätsel auf. Natürlich wird hier gegen bar geliefert und wohl erst nach Handyanruf an einem dann angesagten Übergabeort. Aber wer ist der Empfänger ›L.I.R‹, und was macht der mit den Gegenständen? Sie müssen Konerfritz fragen.

»Das andere Ding sieht einem kleinen Dachkoffer für Autos ähnlich, Bernd«, meint Judith, als Bernd die anliegende Zeichnung zur ersten Lieferung entfaltet, »nur wie wird das auf dem Dach befestigt?«

»Aus Blech ist das zu schwer für ein Autodach«, meint Bernd, »am ehesten sieht es noch aus wie der Außenschwimmer für einen kleinen Trimaran. Das würde die Hohlkammern und schließlich die Schienen mit den Befestigungsbohrungen erklären. – Aber hast Du schon mal so kleine Trimarane hier auf dem Bodensee gesehen? – Komisch.«

*) Für Leute, die sich bei Booten und Schiffen nicht auskennen: als ›Fender‹ bezeichnet man das Polster, welches an die Bordwand gehängt wird, um eine Beschädigung durch Kaimauern oder Ähnliches zu verhindern. Fender können aus den verschiedensten Materiealien bestehen. Am bekanntesten sind wohl bei Lastkähnen auf Kanälen ausgediente

Montag, 31. August 2009, noch später Nachmittag Neue Rätsel

In Lippertsreute am Konerhof warten schon der Brandexperte und der Pathologe. »Es ist fast schon Dienstschluss, und Sie kommen erst jetzt«, blafft der Pathologe und schaut demonstrativ auf seine Uhr. Der Brandexperte schüttelt dazu den Kopf. Er hat wohl mehr Zeit. »Okay, Kollege«, kommt es daher bissig von Schneider, »nehmen Sie mal Schaber, Hammer, Meißel und Tütchen und so weiter mit. Ich denke, dass wir einen schönen Ort besichtigen werden, den Ihnen der Kollege Brand-Experte zeigt. Dem sind die Flecken nämlich aufgefallen. Und ich gehe mit ihm einig, dass es sich nicht um Brandflecke handelt, was er auf dem Boden gesehen hat. Untersuchen Sie es, und dann haben Sie Feierabend!«

Zusammen betreten Sie den Stall und gehen weiter zum alten Teil, in dem Mist oder Silage lagerte, bevor die neue Anlage installiert wurde. So ganz ist das nicht auszumachen, denn es riecht penetrant nach einem Gemisch von Gülle und Silo. Schon von weitem hören Sie Lärm und Geschrei. Ein Mann mit verbundenem Kopf schlägt wütend mit einem Vorschlaghammer auf die Mauern ein. Vielleicht auch, um sich die Leute vom Leibe zu halten. Denn um ihn herum springt eine ganze Meute von Männern, die durcheinander rufen. »Und was ist mit den Lieferverträgen, wenn Du nicht mehr produzierst?«, hört man beim Näherkommen. Der Mann mit dem verbundenen Kopf ist Konerfritz. Tränen laufen ihm über die Wangen, während er wütend auf die Mauern einschlägt und schreit: »Euren Scheiß-Mais, das Elefantengras und den Weizen könnt Ihr behalten! Ich scheiß auf Eure Verträge. Das hier ist höhere Gewalt. – Verkauft Euren Dreck doch an die Gemeinde für die zentrale Heizanlage!« Einige wenden sich unmutig ab, andere drohen mit den Fäusten: »Die Gemeinde zahlt nur zwei Drittel! Und wenn wir jetzt kommen, höchstens die Hälfte. Für Dich haben wir die Biomasse angebaut. Und Du kümmerst Dich jetzt einen Dreck um uns, weil wir Deinetwegen in der Scheiße stecken!«

Nur ein Herr in der hinteren Reihe bleibt ruhig, teilt Blätter aus, ruft dann laut: »Lasst den Konerfritz in Ruhe! – Ich zahle achtzig Prozent von seinem Preis. Nur muss das Zeug bei mir in Homberg angeliefert werden. Für den Transport gibt es nix. Ist doch wohl ein faires Angebot!« Und als er sich umdreht und geht, folgen ihm alle, außer dem Konerfritz natürlich.

»Warum demolieren Sie hier die Mauern, Herr Koner«, schreit Egon Schneider und nimmt dem Konerfritz den Vorschlaghammer weg. Eine Antwort bekommt er nicht. Der Konerfritz sackt in sich zusammen und flennt nur noch. »Nervenzusammenbruch. Ab in die Klinik, am besten in die Weissenau«, konstatiert der Pathologe nach kurzer Überlegung, »ich veranlasse die Einweisung. Bestellen Sie schon mal den Sanka mit Bewachung, Kollege Schneider. Der Mann ist total fertig! Vor einer Woche kriegen Sie aus dem nichts mehr raus!«

Während Bernd den Koner bis zum Abtransport bewacht, suchen der Experte und Schneider schon die Stelle auf, an der Konerfritz die Wand zu demolieren begonnen hatte, und räumen die Mauerbrocken bei Seite. »Eins steht fest«, sagt der Pathologe kurz darauf, als er eine Probe vom Boden abschabt und daran schnuppert, bevor er sie in ein Gläschen füllt. Hier hat nichts gebrannt. Hier hat nur Silage gelegen, und es ist darunter etwas verwest. Das Leichenwasser ist in den Betonboden eingedrungen. Ob Tier oder Mensch, muss ich herausfinden. Sobald ich die Probe untersucht habe, kann ich Näheres sagen und die gesamte Fläche untersuchen. Vom Foto her ist es schwer zu sagen. Da kann von der Größe her ein gerade geborenes Kalb, ein

Schwein oder ein Mensch gelegen haben.« Und damit verabschiedet er sich, während man bereits von weitem das Martinshorn des Sanka vernimmt.

Wenig später betreten Schneider, Breunecke und der Experte die Werkstatt. Mit Blechbiege-, Blechrollmaschine und den verschiedensten Bohr- und Fräseinrichtungen ist diese erstaunlich gut ausgestattet. Dazu ein Senkrecht-Drehautomat für Rohre bis zu einem Durchmesser von fast fünfzig Zentimetern. Eine Elektroschweißanlage ergänzt das Bild. Der Autogen-Schweißwagen fehlt natürlich, weil die Experten diesen vom Brandherd entfernt haben und entsorgen mussten. Es hängen nur verschiedene Griffe mit Düsen und Armaturen in der Schweißecke, wo auch zwei weitere Sauerstoff- und Azetylenflaschen senkrecht an der Wand verankert sind. Mitten im Raum ein Pflug, an dem Konerfritz angefangen hatte, eine Reparatur auszuführen. An der Wand hängen Zeichnungen von Katamaranen. Eine Trimaran-Zeichnung fehlt. Auch die merkwürdigen Bootsfender finden sich nirgends. Dafür gibt es eine Zeichnung von einem typischen Poller, wie man sie an Anlegestellen findet. Und in einer Ecke steht bereits ein fertig geschweißtes Modell mit einer großen Bodenscheibe und acht Schraublöchern ringsum zum Befestigen auf der Mole. »Ein bisschen schwach, um ein Schiff zu halten«, vermutet Schneider, während er das Modell zu schieben versucht. »Nun, Chef«, meint Bernd, »dann fassen Sie mal an.« Und als es ihnen zu zweit gelingt, das Oberteil etwas zu drehen und dann abzuheben, kommt darunter ein Hohlraum zum Vorschein. »Gut gemacht, Bajonettverschluss, kaum zu sehen«, kommentiert der Experte, »ich wäre nie darauf gekommen!« – »Ich schon!«, platzt Bernd heraus, »nur habe ich da auch andere Erfahrungen. Die Dinger werden normalerweise zum Schluss verschweißt, und dann passt das auch für den Zweck. Aber dies hier soll wohl so etwas wie ein toter Briefkasten werden. Davon vielleicht morgen mehr, wenn wir das Bootshaus auf der Werft untersuchen!«

»Sobald Sie mit dem Kollegen Experten die ›Zündspur‹ untersucht haben, ist für heute Schluss, Breunecke«, gibt sich Schneider etwas verhalten.

Bei den ›Zündspuren‹ schüttelt der Experte zunächst den Kopf, bevor er nach Proben an den verschiedenen Stellen, die sie nach der Gesamtsicht der Fotos aufsuchen, zögerlich von sich gibt: »Ich würde meinen Kopf nicht drauf verwetten. Aber Sie können Recht haben, Kollege Breunecke. – Und morgen verraten Sie mir doch bitte, was mit dem merkwürdigen Poller los war, der Ihnen wohl schon mal begegnet ist. Ich bin neugierig auf die Geschichte.«

Montag, 31. August 2009, Abend
Abendruhe

Es ist spät geworden. Schneider hat aber wohl, wie versprochen, angerufen, nachdem Bernd ihn in Ernatsreute absetzte. Erschöpft kommt Bernd gegen acht Uhr in der Wohnung an und schnuppert. Es riecht irgendwie nach heißen Kirschen und dann noch nach Pfannkuchen oder so ähnlich. Judith pfeift fröhlich in der Küche und ruft, dass Bernd sich schon an den Esstisch im Atelier setzen möge. Sie sei gleich soweit. Was sie ihm kurz darauf serviert, ist eine Art Kaiserschmarrn, aber mit Kirschenmus, und mit Kirschgeist flambiert. Dazu gibt es verdünnten, heißen Sauerkirschsaft mit einem Schuss Kirsch. »Merkwürdige Zusammenstellung«, staunt Bernd nach ein paar Bissen, »schmeckt aber fantastisch. In jedem Fall besser als Brombeer …« – »Sprich es nicht aus, Bernd«, schimpft Judith, »ich habe mir mit meiner Erfindung solche Mühe gegeben, und Du vergleichst …« – »Entschuldige«, unterbricht sie Bernd, ehe sie ausreden kann, »Deine Erfindung schmeckt einfach göttlich. Wie bist Du darauf gekommen und wie willst Du sie nennen? – ›Kaiserschmarrn‹ ist leider schon belegt, wie wär's mit ›Götterschmarrn‹? Und Judith muss lachen: »Ne, Bernd, dann eher ›Schneiderschmarrn›!« – Und als Bernd sie dann entgeistert anstarrt, setzt sie hinzu: »Ich habe heute Nachmittag, als Ihr in Nussdorf unterwegs wart, mit Hilde Schneider telefoniert. Und die hat mir zu dem Rezept geraten. Allerdings war es meine Grundidee. ›Richtet jeden Mann auf‹, hat sie gesagt. Was sie damit genau gemeint hat, weiß ich allerdings nicht. Am Mittag hatten wir im ›Pfännle‹ schließlich schon Fleischliches. Da hatte ich zum Abend Appetit auf was Süßes.« – »Kannst Du öfter einmal machen, Judith«, meint Bernd, als er das Geschirr in die Küche trägt und in die Spülmaschine räumt, »nur habe ich nach dem Süßen nun Lust auf ein Glas Rotwein und eine Partie Schach. Und von dem Fall heute bitte kein Wort mehr!«

Aber wenn man Ruhe will, kommt es meistens anders. Das Telefon geht, und Dr. Lange ist am Apparat. »Vertraulich, alles vertraulich, Herr Breunecke«, legt er los, »unser Zweiter, den wir in Nussdorf in den anderen Kurs eingeschleust haben, ist in Gefahr. Irgendwie haben die den enttarnen können, obwohl wir die Daten … Er hat sich vorhin beim Ausflug in Überlingen durch Entfernung von der Gruppe und nach Rennen um ein paar Ecken in eine Gaststätte retten können, die er nicht kennt. Hockt dort in einem urtümlichen Nebenzimmer, an der Wand eine Fahne mit Löwenmaske und noch eine mit so einem Schwarzen Mann und einer langen Peitsche drauf. Das kann er aus seinem Versteck hinter großen Lautsprecherboxen erkennen. Ruft von dort aus an. Sie haben doch beim ›Hänselejuck‹ ermittelt und müssen sich in den Überlinger Kneipen auskennen.« »Ich weiß schon, wo das ist«, meint Bernd, »da gibt es nur eine Möglichkeit!« – »Gott sei Dank«, atmet Dr. Lange hörbar auf, »dann holen Sie den Herrn doch bitte umgehend so unauffällig wie möglich dort ab. Fahren Sie mit Ihrem Privatwagen oder besser mit dem Ihrer Freundin. Und nehmen Sie die mit. Wenn Sie im Raum sind, lautet Ihr Codewort ›Rumpelstilz‹. Bringen Sie den Herrn sicher unter. Er soll mich nach der Aktion anrufen. Morgen komme ich selbst mit und hole ihn ab.«

»Schöne Abendgestaltung, Judith«, seufzt Bernd, »erst die große Rettungstat und dann über Nacht das LKA im Haus. – Ich könnte mir Schöneres vorstellen. – Aber los! Wir brauchen keine vierte Leiche!«

Wenig später hält Judith in der Münsterstraße vor dem bewussten Lokal. Bernd schlendert zum Haupteingang und studiert die Speisekarte im Kasten, schaut sich dabei unauffällig um. Dann betritt er das Gasthaus und lässt vom Wirt nach einer kurzen Erklärung die Tür des Nebeneingangs zur Straße hin aufschließen. Dort winkt er Judith zu, damit sie den Wagen genau zum Nebeneingang zurücksetzt. Zusammen betreten sie nun den Raum, in welchem sich der Gesuchte versteckt haben muss. Leise ruft Bernd: »Rumpelstilz, komm raus.« Erleichtert erhebt sich nach ein paar Wiederholungen ein Mann hinter den großen Boxen, klopft den Staub ab und sagt: »Danke, Kollege, dass Sie mich so schnell gefunden haben. Jetzt aber nichts wie weg hier!« – »Kein Problem«, meint Bernd, »unser Auto steht direkt vorm Nebeneingang. Und meine Freundin saust los, sobald wir drin sitzen. Machen Sie also zack zack, wenn ich draußen bin und die Tür öffne!«

Gesagt, getan. Aber leider nicht ganz. Denn genau in dem Augenblick, als der Kollege vom LKA ins Auto huschen will, steckt plötzlich nach kurzem Zischen eine Harpune in seinem Hals, und eine dunkel gekleidete Gestalt flitzt Richtung Mantelhafen davon. Während der Wirt und Judith sich um den Getroffenen kümmern, rast Bernd hinter dem Flüchtigen her. Aber es ist vergeblich. Am Ende der Promenade springt die Gestalt zusammen mit einer weiteren in ein wartendes Motorboot oder auf einen Wasserscooter und rast damit mit Höchstgeschwindigkeit davon. Die per Handy verständigten Kollegen von der Wasserschutzpolizei geben die Verfolgung bald auf. Das Fahrzeug ist zu schnell und völlig unbeleuchtet. Als der angeforderte Hubschrauber eintrifft, ist vom Boot nicht eine Spur mehr zu entdecken. Und Renn-Boote sind auf dem Bodensee eigentlich gar nicht zugelassen. Sehr merkwürdig!

Als Bernd unverrichteter Dinge zu Judith und dem Verletzten zurückkehrt, ist dieser schon ins Krankenhaus abtransportiert. Der Wirt steht käsweiß vor seinem Lokal und erzählt den um ihn versammelten Leuten von dem Vorfall. »Der Notarzt hat gesagt, dass kaum Hoffnung bestehe«, flüstert Judith mit Tränen in den Augen, »auch wenn man die Harpune vorsichtig entfernt.«

»Verfluchte Sch…«, murmelt Bernd, »und das jetzt Schneider und Dr. Lange beibringen. – Aber wie konnten die Leute wissen, dass der Kollege genau aus dem Eingang kommen würde?« – »Oder genau in das Auto steigen sollte«, ergänzt Judith, »vielleicht hätte ich noch einmal ›um den Block‹ fahren sollen. Aber es ist ja in Überlingen zeitlich kaum kalkulierbar, wann man dann wieder vor dem Lokal anlangt. Wir konnten wohl nicht anders handeln.« »Dennoch mache ich mir Vorwürfe«, überlegt Bernd laut, »das Lokal hat schließlich nur drei Eingänge. Um die zu bewachen, braucht man nur zwei Leute, weil zwei Eingänge auf die Münsterstraße rausgehen. Der Schütze musste bloß warten, aus welchem seine Zielperson herauskam. Das hätte ich bedenken müssen. – Fahren wir erst einmal zum Krankenhaus, um den Zustand des Patienten zu erfahren, und dann zum Chef, um mit ihm zu beraten, ehe wir Dr. Lange anrufen. Auf Wein und Schach ist mir heute die Lust vergangen.«

Im Krankenhaus bekommt Bernd nur die Auskunft, dass der Patient in einem kritischen Zustand sei. Die Harpune sei entfernt, Hauptschlagader angeritzt, sonst weitgehend intakt. Probleme mache die Durchtrennung einer Halssehne und eine Verletzung an der Halswirbelsäule. Das erfordere eine weitere Operation. Ein Spezialist sei schon auf dem Wege.

Schneider schüttelt den Kopf, als Bernd und Judith ihm das Ganze eine halbe Stunde später berichten. »Einerseits hätten Sie was ahnen können, Breunecke«, meint er dann, »andererseits: Wenn Dr. Lange Ihnen die Rettung so dringend angeschafft hat, liegt auch die Verantwortung bei ihm. Schade, dass wir auf diese Weise nicht in unserem Fall so weiterkommen, wie wir wollen. Schildern Sie ihm alles ganz nüchtern. Es wird wohl nötig sein, die gesamte Villa in Nussdorf auf den Kopf stellen. Aber das schaffen wir nicht allein. Da muss Dr. Lange ran! Machen Sie ihm das klar. Und Judith und ich hören nur zu!«

Als Bernd Dr. Lange anruft, will dieser ihn zunächst für den ›Schaden‹ verantwortlich machen. Bernd lässt ihn ruhig schimpfen und ausreden. Dann breitet er seine Ansicht in allen Details aus und bittet Dr. Lange um Entscheidung. Und auf einmal bekommt Bernd die Zusagen und im Übrigen freie Hand. Schon am nächsten Morgen wird eine halbe Hundertschaft bereitstehen, um die Villa abzuriegeln, und das Gelände der Unteruhldinger Werft soll in gleicher Weise umstellt und durchsucht werden. Die Tauchmannschaft wird vorsichtshalber um jeweils vier Kampftaucher der Bundespolizei erweitert.

»Mensch, Breunecke«, klopft Schneider ihm danach auf die Schulter, »ich wäre bei dem Geschimpfe hochgegangen wie eine Rakete. Aber Sie haben das super gemanagt. – Darauf trinken wir einen ›Carlos Primero‹. Judith darf daran nippen, weil sie noch fahren muss. Und den Rest der Flasche gebe ich Ihnen mit. Trinken Sie und Judith noch einen auf mein Wohl, wenn Sie zuhause sind.«

»Wenn ich daran denke, was seit Samstag schon passiert ist, wird mir schwindelig«, beklagt sich Judith, als sie sich mit Bernd zusammen im Atelier der Owinger Wohnung noch einen großen ›Carlos‹ genehmigen, und sie geht alles noch mal kurz durch. »Kann es nicht auch vom Cognac sein«, frotzelt Bernd, als sie nicht aufhören kann, die Ereignisse aufzuzählen. Und beide kichern noch über diese Bemerkung, als sie endlich schlafen gehen.

Dienstag, 1. September 2009, Morgen Ramaduri

Bernd musste den Wecker stellen, sonst hätten Judith und er verschlafen. »Wenn Onkel Samis Espressoautomat schon funktionieren würde, könnten wir jetzt blitzschnell einen Cappuccino zubereiten und dazu ein Brötchen mit Deiner guten Himbeermarmelade vertilgen, zu mehr habe ich morgens eigentlich keine Lust«, gähnt Judith, während Bernd munter aus dem Bett springt und ins Bad saust und ruft »Kriegst Deinen Cappuccino und Dein Brötchen mit Himbeermarmelade, brauche nur etwas länger dafür, schiebe die Brötchen sofort in den Herd. Wenn die Brötchen fertig sind, ist auch Dein Cappuccino soweit. – Okay? – Und heute schaue ich den Automaten durch. Dann geht alles auf Knopfdruck?« – »Klar«, ruft Judith ihm hinterher, »bis wir das Ding am Samstag intakt wieder bei Mama in St. Gallen abliefern!«

Um halb acht fährt Bernd Richtung Ernatsreute los, um Egon Schneider abzuholen. »Heute aber früh unterwegs«, kommentiert Frau Maderholz seinen eiligen Treppenabgang, als sie ihm bei der Haustür mit dem ›Nussdorfer Boten‹ in der einen und der Brötchentüte in der anderen Hand entgegenkommt. »Steckte mal wieder nur halb im Briefkasten. Ich lege Ihnen die Zeitung auf die Treppe.«

»Schmökern Sie ruhig in dem Käsblatt, Frau Maderholz«, meint Bernd, »Judith und ich haben heute einen Großkampftag. Vor heute Abend kommen wir sowieso nicht zum Lesen!«

Egon Schneider marschiert in Ernatsreute schon unruhig auf dem Gehsteig auf und ab. Als Bernd hält, steigt er ein und schaut nur kopfschüttelnd auf die Uhr. »Zeit genug, Chef«, lacht Bernd, »gut gefrühstückt, kann ich jetzt Rallye fahren.« »Unterstehen Sie sich Breunecke«, schimpft Schneider, »gerade habe ich eine neue unverdächtige Quelle für meine Frühstückseier* gefunden, da wollen Sie mir diesen Genuss wieder rückwärts über die Zunge gehen lassen! – Nee, fahren Sie langsam. In der Ruhe liegt die Kraft. Nun fahren Sie mal!« – »Danke für die Lösung des Rätsels, Chef, das mir die Frau Merkel mit ihren Plakaten aufgegeben hat«, gibt Bernd zurück, während sie losfahren. – »Verstehe ich aber gar nicht, Breunecke!«, knurrt Schneider, »klär'n Sie mich mal auf!« Und Bernd nicht faul: »Chef, die Merkel schreibt doch auf ihre Plakate ›Wir haben die Kraft‹. Bisher habe ich immer gedacht, die wolle den jungen Franz Beckenbauer nachahmen mit ›Kraft in den Teller, Knoll auf den Tisch‹!, seinem damaligen blöden Werbespruch für dünne Suppen aus der Tüte. Jetzt haben Sie mir gezeigt, dass die Kraft der Frau Merkel in der dünnen Suppe liegen muss. Und Ruhen heißt wohl Stillstand.« »Jetzt seien Sie nicht so gemein zur Frau Merkel, Breunecke«, kontert Schneider, »und verraten Sie auch keinem, dass wir nach der Wahl wohl nur noch dünne Suppe von den Tüten zu erwarten haben, die uns regieren. Die Suppe haben wir als Wahlvolk dann auszulöffeln, die dünne Suppe, welche wir der Hypo-Real-Estate-Rettung zu verdanken haben oder auch der dünnen Suppe, die auf der untersten Sohle in Gorleben schwappt. – Ich weiß gar nicht, ob ich diesmal zum Wählen gehen soll!« – »Quatsch, Chef«, lacht Bernd, »Sie werden am Ende doch zur Wahl gehen, um mit

*) Nachdem ihn Breunecke darauf aufmerksam gemacht hat, dass Tiermehl als Hühnerfutter wieder zugelassen ist (Schluss von ›Hänselejuck‹ ISBN 978-3-938340-51-6), hat Schneider einen Bauern gefunden, der seine Hühner auf Grasboden nur mit Körnern füttert.

Ihrer Stimme das Schlimmste zu verhindern, wenn wir schon unsere Stimme für vier Jahre abgeben, danach mundtot sind und von den Politikern durch die Bank vier Jahre lang verarscht werden. Wenn Sie keinen von denen gewählt haben, können Sie es auch keinem von denen persönlich übelnehmen.« »Ist was dran, Breunecke«, murmelt Schneider, »mir geht auch immer der Hut hoch, wenn ich das dämliche Plakat von der Merkel mit ›Wir haben die Kraft‹ lese. Ich muss mich immer bremsen, dass ich das Plakat nicht an die nächste Kneipe hänge und drunter schreibe ›Und wir haben den Saft‹. Dann hätten die Leute wenigstens ein bisschen Freude und wüssten, wo sie für ihr Geld die meisten Prozente kriegen!« – »Na, Chef«, schüttelt Bernd den Kopf, »jetzt reden Sie ja schon fast wie der Wirtschaftphilosoph Kalle Weinig. Wenn der im ›Pfännle‹ sein Weizen antrinkt, sagt er ›Bis zum letzten Tropfen alles bezahlt – Das sollen uns die Politiker erst mal nachmachen.‹« »Bevor wir gleich da sind, Breunecke«, schimpft Schneider, »doch noch ein letztes Wort zum Regierungswechsel: Was meinen Sie, was die alten Schweine hinterlassen, wenn sie vom Trog vertrieben werden, und was die neuen fressen, wenn sie an den Trog gelangen! Und all das müssen wir armen Schweine bezahlen.«

Judith ist schon im Büro, als sie eintreffen. »Bin durch die Stadt gefahren«, sagt sie verschmitzt, »immer noch schneller, als über den Auerbuckel und dann an der Schranke stehen. – Die Hundertschaft wartet bereits mit Dr. Lange an der Birnau. Auf dem Parkplatz beim Schloss Maurach und auf der Wiese daneben ist die Einsatzzentrale eingerichtet. Von da aus soll alles koordiniert werden. Da warten auch die Taucher und Kampfschwimmer von der Bundespolizei.«

»Das kann nicht gut gehen, Chef«, schüttelt Bernd den Kopf, »und gibt riesige Zeitverzögerungen. Ein Teil der Taucher muss vom Bodensee aus absichern. Es darf nicht auffallen, dass die schon im Wasser sind, wenn das Boot am

Einfahrtkanal stoppt und wartet. Das gilt für Nussdorf wie für Unteruhldingen.«

»Na, das liegt aber an Ihnen, Breunecke«, meint Schneider kopfschüttelnd, »gestern haben Sie dem Dr. Lange doch gesagt, dass Sie die Taucher einweisen wollen.« – »Stimmt«, kratzt Bernd sich am Kopf, »dann müssen wir das dort regeln. Wenn wir jetzt per Funk oder Telefon noch Änderungen verfügen, könnten die Betroffenen Wind davon bekommen. Der Einsatz muss bei Funkstille mit zeitlich gleichem Zugriff erfolgen. Dazu brauchen wir erst die Daten der eingesetzten Boote. – Fahren wir. Und, Judith, rufst Du bitte bei Dr. Lange an, dass ›die bestellten Kunsthistoriker‹ in einer Viertelstunde eintreffen.«

Damit sind Schneider und Breunecke auch schon fort. Dr. Lange versteht erst nicht, was Judith ihm am Telefon ausrichtet. Dann aber lacht er: Wir freuen uns auf die kunsthistorische Führung. Hätte ich dem Kollegen Schneider gar nicht zugetraut. Vielleicht finde ich diesmal endlich auch den berühmten Honigschlecker!« Und dann lacht er noch mal. Soviel Humor hätte Judith dem Dr. Lange wiederum nicht zugetraut.

Auf dem Parkplatz beim Schloss Maurach drängen sich die elf Kleinbusse mit der Hundertschaft und ein Funkwagen. Die Mannschaften warten auf der Wiese. Und auf dem See ankern draußen zwei Polizeiboote, zwei Schlauchboote liegen am Ufer. Die Führer der Hundertschaft warten mit Dr. Lange sowie den Leitern der Tauchmannschaft.

»Eine Grob-Orientierung haben die Kameraden schon erhalten«, erklärt Dr. Lange, »und die wissen auch schon, dass ein Kamerad beim Einsatz getötet wurde und ein weiterer verletzt im Krankenhaus liegt. Damit können Sie sicher sein, dass alle wissen, um was es geht und wie gefährlich die Sache werden kann. – Und nun weisen Sie die Leute bitte genau ein. Ich denke, das sollten Sie tun, Breunecke!«

»Kameraden«, sagt Bernd, nachdem er kurz geschluckt

hat, »die wesentlichen Umstände sind Ihnen schon mitgeteilt worden. Wir haben es mit Leuten zu tun, die vor nichts zurückschrecken. Das wissen Sie spätestens, wenn neben Ihnen ein Kamerad mit einer Harpune im Hals zusammenbricht, wie ich es gestern leider erleben musste. Gehen Sie beim Zugriff also vorsichtig vor, damit Sie sich nicht gefährden, und scheuen Sie sich nicht, die nötige Härte anzuwenden. Die Villa in Nussdorf stellt kein großes Problem dar. Haupteingang, Dienstboten- und Kellereingang sind schlagartig zu besetzen. Wichtig ist, jeglichen Telefonverkehr sofort zu unterbinden und alles Material in den drei Büros und den zwei Schulungsräumen sicherzustellen, d.h. inklusive Material im Aktenvernichter. Dasselbe gilt für das Nebengebäude, in welchem der Hausverwalter wohnt. Die Zimmer der Kursteilnehmer sind vorläufig nur zu sperren, die Kursteilnehmer für Befragungen in den beiden Kursräumen zu sammeln, sobald diese vom Segeln zurückkehren. Die sind nämlich auf ihrer ersten Tour. Sobald die Taucher und Kampfschwimmer abgesetzt sind, müssen die Segelboote beobachtet werden. Am wichtigsten ist der Zugriff auf das Bootshaus. Hier müssen drei Taucher und zwei Kampfschwimmer bereits den Ausgang des Kanals mit einem Netz sichern, bevor der Zugriff mit Umstellen des Bootshauses erfolgt. Zur Ablenkung soll ein Taucher mit Ausrüstung mit den anderen Beamten zusammen das Grundstück betreten. – In Unteruhldingen haben wir es zwar nur mit einem Bootshaus zu tun, doch müssen die unübersichtlichen Reste der Werftanlage einbezogen werden. Alles, was nach einem Boots-Fender aussieht – egal aus welchem Material – ist sicherzustellen. Auch ist die Sicherung zum See hin schwieriger, weil kein Bootskanal besteht. Deshalb müssen vier Tauscher und sechs Kampfschwimmer mit einem größeren Netz arbeiten. Wenn überhaupt, ist vermutlich nur in Unteruhldingen mit Waffeneinsatz zu rechnen. Schärfen Sie Ihren Leuten also ein, dass gute Deckung und Absicherung absoluten Vorrang vor Schnelligkeit der Durchsuchung haben. Egon Schneider ist als Scout beim Einsatz Nussdorf vorgesehen, ich habe diese Rolle in Unteruhldingen. – Noch Fragen?«

Da keine Fragen kommen, zeigt Bernd anhand von Skizzen die Einsatzorte. Dann wird die Zugriffszeit auf halb elf festgelegt und nach Uhrenvergleich bis zum Einsatz absolute Funkstille vereinbart. Die Schlauchboote mit den Tauchern und Kampfschwimmern legen zu den Polizeibooten hin ab, die Bereitschaftspolizisten der Landespolizei setzen sich gruppenweise in Bewegung. Der Anmarsch zu den Objekten wird als Orientierungsmarsch getarnt. Dr. Lange, Egon Schneider und Bernd vereinbaren, dass sie erst wenige Minuten vor Einsatzbeginn direkt vor dem jeweiligen Einsatz-Ort auftauchen und sich bis dahin unauffällig in die Nähe begeben.

Dienstag, 1. September 2009, vor Mittag
Zugriff Nussdorf

»Wie nett, dass Sie mich besuchen, Herr Dr. Lange und Herr Kriminalrat Schneider«, empfängt Gregor Vettl die beiden am Haupteingang freundlich grinsend, als Dr. Lange den Durchsuchungsbefehl vorweist und die Beamten in die Räume schickt, »dann kann ich mir ja den Weg zur Inspektion sparen. Sicher haben Sie auch das Protokoll mit, Herr Schneider. Ich wollte gerade los, um Ihnen die verlangten Unterlagen zu bringen. Die Tauchlehrer sind übrigens schon lange zur Wache unterwegs.« »Nur ist bisher keiner angekommen, Herr Vettl«, sagt Schneider weniger freundlich, »mein Sekretariat hat mich soeben davon verständigt.« »Wahrscheinlich ist die Schranke unterm Auerbuckel wieder einmal geschlossen«, spöttelt Vettel, »in diesem Fall bin ich hilflos. Mehr, als den Herren Ihre diesbezüglichen

Anweisungen auszurichten, ist mir leider auch nicht gegeben. Die letzten Anweisungen bekommen sie außerdem immer von meinem Herrn und Meister, und der wollte die Herren heute zur Wache geleiten, ist also gleichzeitig mit diesen aufgebrochen.«

»Und wo befindet sich Dr. Gundermann jetzt«, fragt Dr. Lange erschrocken, »und wann steht er uns für Fragen zur Verfügung?«

»Ich darf andeuten, meine Herren«, grinst Vettl gelassen, »dass sich die Wege meines Herrn und Meisters meiner genauen Kenntnis entziehen. Schließlich ist er mein Chef und oberste Entscheidungsinstanz. Da gibt es immer Überraschungen. Aber spätestens am Mittwochnachmittag wird er wieder da sein, um über Management und gruppendynamische Prozesse zu referieren, nachdem Herr Funke für solche Aufgaben auf Dauer nicht mehr in Frage kommt. Und am Abend hat er – soweit mir bekannt – noch Anlageberatungen angesetzt.«

Dr. Lange droht bei dieser Provokation zu explodieren, als ein Beamter ihn am Ärmel zupft, ihm ein Beutelchen mit weißem Pulver zeigt und dazu flüstert: »Noch mehr im Büro des Herrn Vettl. Der Panzerschrank steht offen.«

»Handschellen für den Herrn Vettl«, meint er nun ruhig, »ab in die Zelle und vom Polizeiarzt erst genauer untersuchen lassen, wenn der Herr dort anfängt zu toben. Manchmal braucht eine Sache eben ihre Zeit.«

»Sie wollen den Herrn Vettel doch nicht in Entzugserscheinungen treiben, Dr. Lange«, tut Egon Schneider entsetzt. Doch Dr. Lange meint trocken und scheinbar belehrend: »Entzug hilft dem Betroffenen, von seiner Sucht loszukommen. Da kann kein Gericht von Folter reden.« »Da bin ich ganz Ihrer Meinung, Dr. Lange«, prustet Schneider los, »ich habe nur Ihre Langmut bewundert. – Schauen wir nun besser das Büro für Anlageberatungen an und erkundigen uns, was der Hausverwalter Eberle treibt.«

Eberle treffen sie im Büro neben der Küche an, wo er gerade den Speiseplan mit der hübschen Köchin bespricht. Zumindest behauptet er das. Die derangierte Kleidung der Beiden und ihre erhitzten Gesichter lassen den Schluss auf andere Tätigkeiten zu. »Schwul ist der Eberle also definitiv nicht«, denkt Schneider, »und wenn bei ihm und der Köchin was mit Anlagen geht, dann – je nach Ansicht – nur mit neunmonatiger Rendite. Also harmlos, der Junge.«

»Sie schon wieder!«, bringt Eberle nur erschrocken und puterrot heraus, während sich die Köchin verlegen an ihnen vorbei in die Küche schiebt, »was wollen Sie denn heute. Ich hab nichts zu verbergen!« – »Wie sich soeben gezeigt hat«, grinst Schneider, »und nun sperren Sie uns mal das Büro des Herrn Dr. Amadeus Wendelin Gundermann auf. Wir wollen die Geldanlage prüfen.«

»Zu dem Büro hat von uns nur Dr. Gundermann Zutritt. Beratungen macht er nur auf Voranmeldung zu Zeiten, die ihm passen. Selbst Gregor Vettl hat keinen Schlüssel«, zuckt Eberle mit den Schultern. »Dann eben aufbrechen!«, ordnet Dr. Lange an. Da steht plötzlich die Köchin in der Tür: »Hier, ich habe einen Schlüssel!« – Und als Eberle sie mit offenem Mund anstarrt, meint sie zu ihm: »Dr. Amadeus hat mir den gegeben. Schließlich muss ich im Büro dienstags und freitags persönlich sauber machen, Eddie!« Aber in Eberles Gesicht fängt es an zu arbeiten. Er hat wohl wieder mal eine Frau erwischt, die ein ausgeprägter Hang zur Männervielfalt antreibt*. »Zu Gregor Vettels Büro hast Du natürlich auch einen Schlüssel, Ute«, stellt er erbost fest. »Klar«, sagt sie schnippisch, »und zu den Zimmern der Kursteilnehmer ebenfalls. Es gibt überall was zu tun!« Schneider muss sich das Lachen verbeißen, als die Köchin

*) In ›Lokalredaktion‹ ISBN 978-3-938340-52-3 war Edwin Eberle unglücklich in seine attraktive Kollegin Undine Laugl verliebt, die aus vielerlei Gründen und Zwängen heraus ein undurchsichtiges Sexualleben führte.

Ute ihm nun schelmisch zuzwinkert, während sich Eberles Miene weiter verdüstert. Sie weiß genau, wie sie Eberles Eifersucht anstachelt. »Treiben Sie ihren Edwin nicht zur Weißglut, Fräulein Ute«, sagt Schneider leichthin, »Eifersucht hat schon häufig zum Mord geführt. – Wenn unser Pathologe eine schöne Frau auf dem Seziertisch liegen hat, muss er immer weinen. Treiben Sie es um seinetwillen nicht zu weit!«

»Komm Du mir aufs Lager«, droht Eberle nun halb versöhnt seiner Köchin, weil er mit Hilfe von Schneiders Bemerkung ihr Spiel endlich durchschaut hat. Dann führt er Dr. Lange und Schneider zum Beratungsbüro für Geldanlagen. Hier ist alles ordentlich aufgeräumt. Schreibtisch, zwei Stühle, Regal mit Akten, Panzerschrank mit Zahlenkombination. Ein großes Poster verdeckt den Panzerschrank. Darauf steht ›Your money will work in Switzerland, meanwhile you are resting in German‹y. Innen an der Bürotür prangt ein Plakat. ›Wir bringen Ihr Geld sicher in die Schweiz. Todsicher!‹ Schneider zeigt auf das Plakat und meint sarkastisch zu Dr. Lange: »Hat Ihr Kollege Funke ja schon erfahren!«

Nur eine Ecke im Büro scheint merkwürdig leer. Auf dem Boden kleben winzige orangerote Farbreste. »Holen Sie doch bitte Ihr Fräulein Ute noch mal her, Eberle«, knurrt Schneider, »die kann uns sicher erklären, was da gelegen hat!«

»Wenn ich hier geputzt habe, übrigens nur hier, weil Dr. Amadeus den zwei Zimmermädchen nicht traute, war die Ecke immer leer«, erklärt Fräulein Ute etwas später. Die Farbreste bekomme ich nie ganz weg. Freitags sind immer neue Flecke da!«

»Kann es sein, dass da solche Gegenstände gelegen haben, Frau Ute, haben Sie so etwas schon mal hier gesehen?«, fragt Schneider, weil ihm in den Sinn kommt, dass Breunecke nach allem fahnden lässt, das nach Fender aussieht. Und er malt die Zeichnung nach, welche er zusammen mit Breunecke in der Werkstatt des Konerfritz gesehen hat. »Nee«, antwortet Frau Ute nach kurzem Blick auf Schneiders Skizze, »nie gesehen. Weder hier, noch sonst wo!« – »Zeigen Sie mal her«, mischt sich Eberle ein. Als er danach die Skizze betrachtet, prustet er los: »Fender haben doch nur an einem Ende eine Öse. Das sieht aber wirklich komisch aus!« – »Sind Sie gewaltig im Irrtum, Eberle«, kommt es nun von Dr. Lange, »wir hängen zum Beispiel meistens zwei bis drei Fender untereinander längs auf. Dann rollen die in der Schleuse und an der Kaimauer rauf und runter und gehen nicht so schnell kaputt. Und die poltern auch nicht so an der Bordwand. Zwei Ösen sind da schon nötig. Aber unsere Fender sind aus Leder und mit Seegras gestopft.«

»Sehr edel!«, bemerkt Eberle, »wenn ich es richtig gesehen habe, sind die Fender unserer Boote aus orangefarbenem Kunststoff. Sie können ja mal im Bootshaus nachschauen. Da hängt immer Ersatz. Denn unsere Kursteilnehmer müssen erst die Knoten richtig lernen, und da geht so mancher Fender verloren. Die Segelschule bestellt, wie ich mitbekommen habe, ständig welche nach.«

»Interessant«, bemerkt Schneider, »etwa bei einem Herrn Koner in Lippertsreute?« – »Kann ich Ihnen nicht beantworten, Herr Schneider«, hebt Eberle beide Hände, »das machen die direkt und telefonisch, meist von ihrem Handy aus, und bei der Flatrate heutzutage guckt doch keiner mehr die Nummern nach. Das Bare für die Bezahlung holen die Segellehrer beim Herrn Vettl. Damit habe ich nichts zu tun.«

»Also werden wir den Herrn damit später löchern«, reibt sich Dr. Lange die Hände, »aber schauen wir erst einmal das Bootshaus an, das dem Kollegen Breunecke so verdächtig schien. Vielleicht gibt's dann noch mehr zu fragen. Und inzwischen lassen wir unseren Schränker kommen, damit er den Panzerschrank öffnet..«

»Irgendwoher scheinen die Wind bekommen zu haben«, schüttelt der Einsatzleiter der Taucher und Kampfschwimmer den Kopf, als sie ihn im Bootshaus antreffen. »Kein Taucher da. Keiner ist durch den Kanal nach außen. Nur ein einzelner Arbeiter war beim Saubermachen. Ein Albaner ohne Aufenthaltserlaubnis, ein Ali Soundso. Haben ihn festgesetzt. Redete immer nur von ›Geld von kleines Cheffe‹, als wir ihn gefragt haben, wer ihn beschäftigt. Im ganzen Bootshaus war nicht ein Fender zu finden. Da hängen nur die Tauchanzüge, und in einem Schrank liegen die Ortungskapseln. Harpunengeräte haben wir auch nicht gefunden. Und das Netz am Kanalausgang war völlig umsonst angebracht. Da mussten wir schon Entwarnung geben.« »Was ist mit der Stahltür unter Wasser«, fragt Schneider. Daraufhin kratzt sich der Einsatzleiter hinterm Ohr: »Eine schwierige Kiste. Die Tür ist von außen nicht zu öffnen, scheint außerdem unbenutzt, und einen Zugang im Bootshaus haben wir nicht entdeckt. – Sollen wir sprengen? Wir haben alles dabei.« »Lieber nicht«, schüttelt Dr. Lange den Kopf, »oder wollen Sie einen Haufen toter Fische auf dem See schwimmen sehen? – Wenn es keinen Zugang im Bootshaus gibt, dann müssen wir eben in der Villa suchen. Fünfzehn Meter sind doch keine Entfernung. Ich erinnere mich, dass wir in den Kasernen der Bereitschaftspolizei im Keller Klappen hatten. Da ging's in bombensichere Röhren. Die hatten weit außerhalb des errechneten Schuttkegels, der bei Zerstörung des Hauses entstehen würde, einen sicheren Ausstieg. So etwas kann es doch auch hier geben. Herr Eberle soll uns die Kellerräume zeigen.«

Im Keller findet sich im großen Heizungskeller mit zwei Heizungsanlagen eine Metallklappe in der Wand. »Da haben wir's ja«, meint der Einsatzleiter und riegelt diese freudig auf. Fluchend springt er einen Schritt zurück, als ihm ein Berg Koks entgegenrutscht. Und mit ihm verlassen auch die Anderen fluchtartig und hustend den Raum. »Hätten Sie uns wohl warnen können, Eberle«, schimpft Dr. Lange. Aber Eberle hustet auch und meint nur: »Um die Heizung kümmert sich der Ali. Ich bestelle nur das Öl. Dass für den alten Heizkessel auch noch Koks gelagert wird, habe ich nicht gewusst. Bin ja auch erst seit kurzer Zeit hier.«

Schneider findet schließlich den Zugang im Umkleideraum der Sauna. »Die Wandvertäfelung ist hier aber locker«, zeigt er auf eine Stelle. Und als Eberle zum Zeichen der Ahnungslosigkeit die Schultern hebt, legt Schneider den Finger vor den Mund und bedeutet allen, mit ihm den Raum zu verlassen, während er laut sagt. »Die sollte bald mal wieder befestigt werden, ehe sie jemandem auf den Kopf fällt.«

Draußen verfügt er, als Dr. Lange und der Einsatzleiter der Tauchgruppe ihn mit Fragen zu löchern beginnen: »Wir legen den Eingang erst frei, wenn ein Polizeiboot den Kanalausgang zum Bodensee total gesperrt hat. Ein Netz wird nicht reichen, wenn das zutrifft, was ich ahne. Wenn noch jemand hinter der Tür wartet, dann muss der in der Falle sitzen.«

Aber es ist schon zu spät. Die beiden zur Beobachtung der Metalltür im Bootshaus eingeteilten Taucher bemerken erst, dass die Tür offen ist, als draußen das herbei gerufene Polizeiboot heranrauscht. Am Kanaleingang macht dieses einen eigenartigen Schlenker und legt sich dann quer.

»Was ist los?«, fragt Schneider nur wenig später den Bootsführer. »Komisch«, wundert der sich nur, »irgendeine Art U-Boot muss uns leicht gerammt und abgedrängt haben. Vorn gibt es einen Riss in der Bordwand. Wir müssen uns das in der Werft näher anschauen. So etwas habe ich noch nie erlebt.«

Im Gang vom Keller zum Bootshaus erwischen sie eine Person im Taucheranzug, die verzweifelt versucht, eine Harpune aus ihrem Oberschenkel zu ziehen. Eine weitere Person im Taucheranzug liegt stöhnend in der offenen Tür zum U-Bootdock, Harpune in der Brust. Und ein dritter Taucher hängt, scheinbar leblos auf dem Beckenrand. Blut läuft ins Wasser. Es muss sich um drei der gesuchten Tauchlehrer handeln. Im U-Boot-Dock liegen einige orangefarbene Fender aufgestapelt. Hier hängen auch zwei Harpunengewehre an der Wand, ein weiteres liegt neben dem Bewusstlosen am Beckenrand. Als sie ihn anheben, sehen sie einen Harpunenpfeil in seiner Halsgrube stecken. »Die haben wohl ›Vier gewinnt‹ gespielt«, bemerkt Egon Schneider, »und der Vierte ist mit dem U-Boot abgehauen. War wohl zu klein für alle! – Ab mit den Verletzten ins Krankenhaus. Und bewachen. Spätestens übermorgen wird der erste singen. – Wir schauen uns inzwischen mal die ›Stapelware‹ an.«

Während die verletzten Taucher weggeschafft werden, beginnt Schneider, den Fenderstapel zu sortieren. Er klopft die einzelnen Fender ab und prüft das Gewicht. Die meisten sind eindeutig aus Kunststoff. Fünf finden Schneiders näheres Interesse. »Und was soll mit denen los sein?«, fragt Dr. Lange irritiert. »Werden Sie gleich sehen«, schmunzelt Schneider und holt zwei Eisenstäbe herbei. Dann wählt er den schwersten Fender aus und steckt jeweils einen Stab durch die Ösen an den Enden. »Nun halten Sie mal das eine Ende fest, Dr. Lange«, kommandiert er danach, »und jetzt langsam nach links drehen!«

Aber es rührt sich nichts. »Lassen Sie mich mal«, meint Eberle, der dabeisteht, »wenn es so ist, wie Sie vermuten, dann muss das so gehen!« Und damit versucht er, etwas neben dem Ansatz des Konus, die Farbe abzuschlagen. Als das nicht geht, nimmt er sein Schweizer Messer aus der Tasche und schneidet die zähe Farbe ein, bis er auf einer Seite fündig wird. Er zeigt auf eine Rille, die unter einem Klebeband frei wird: »Wenn hier was verschraubt ist, dann müssen Sie erst ringsum die Farbe und das Band entfernen. Vorher rührt sich wohl nichts. Da können Sie drehen, was Sie wollen!« Einer der Beamten legt daraufhin den Spalt ringsum frei. Als Schneider und Dr. Lange erneut mit den beiden Eisenstäben loslegen, lässt sich das geölte Gewinde sehr leicht drehen. Aus dem geöffneten Rohr fallen ihnen Bündel von Euro-Noten entgegen. Lauter Fünfhunderter. Dazwischen auch eine Rolle mit Aktien und Coupons. Bei den anderen auffälligen Fendern ist es ähnlich. »Damit stimmt Breuneckes Vermutung schon mal«, nickt Schneider. »Aber wozu dann das U-Boot? Das ist im See sicher leicht zu orten – oder, Herr Dr. Lange?«

»So einfach ist das nicht«, mischt sich der Polizeibootführer ein, »die Anrainerstaaten des Bodensees haben sich nach dem Zweiten Weltkrieg verpflichtet, keine U-Boote im Bodensee einzusetzen. Wird mal eines gebraucht, so wie bei dem Mordfall in den siebziger Jahren, bei dem ein Mann seine Frau ertränkt und danach das Boot angezündet und versenkt hat, muss ein U-Boot herantransportiert werden. Deshalb können auch alle Anrainerstaaten auf ausgeklügelte Ortungssysteme verzichten. Wir haben nur schwache Echolotsysteme, um treibende Baumstämme und Tonnen aufzuspüren. Ein Sonar größerer Art haben wir schon gar nicht. Und U-Boote hier? Mir ist nur aus dem Jahr 2006 bekannt, dass ein Schweizer Bub aus Eschlikon ein eigenes U-Boot mit Tretantrieb in Arbon vorgeführt hat, das bis zu vier Meter tief tauchen kann. Aber eine Dauer-Betriebserlaubnis hat der zukünftige Meeresbiologe bis heute nicht erhalten. Er will das Boot deshalb heimatnah am Zürichsee stationieren. Und im vergangenen Jahr hat jemand in Kressbronn sein fast fertiges U-Boot vorgestellt. Ein größeres Kaliber für zwei Personen. Aber der wird wohl auch keine Betriebserlaubnis für den Bodensee bekommen und muss damit an den Atlantik. Es kann hier also eigentlich kein U-Boot geben. Und solange so ein Ding bewegungslos auf Grund liegen bleibt, wie es im Augenblick mit dem Boot scheint, was uns entwischt ist, hilft auch kein stärkeres Echolot. Dann ist es von der Umgebung kaum zu unterscheiden.«

»Schöne Aussichten«, konstatiert Schneider, »und danke für die Aufklärung, Kollege! – Was nun, Herr Dr. Lange? – Jetzt ist es wohl fällig, dass die beiden Boote der Villa aufgebracht und daran die Fender sichergestellt werden, ehe die Herren in Schweizer Gewässer abdriften.«

»Ist bereits veranlasst, Kollege Schneider«, grinst der Polizeibootführer, »nachdem Sie die erste Geldbombe geknackt hatten, erfolgte der Zugriff. Meine Kollegen haben alle Fender sichergestellt, eher auch nur einer über Bord geworfen werden konnte.«

»Dann schauen wir uns an, was Breunecke inzwischen geschafft hat«, meint Schneider, »hier sind wir wohl erst wieder gefordert, wenn die Jungmanager eintreffen und der Tresor des Herrn Dr. Amadeus geknackt ist. – Übrigens, Herr Eberle, beschaffen Sie uns doch bitte ein Bild von Dr. Gundermann. In den Prospekten ist er nicht abgebildet. Und in Natura haben wir ihn bisher nicht zu Gesicht bekommen. Es muss doch ein Foto von ihm existieren?«

Dienstag, 1. September 2009, vor Mittag
Zugriff Unteruhldingen

Bernd hat mit seiner Mannschaft den ungleich schwierigeren Teil erwischt. Überall liegen von Unkraut überwucherte, verrostete Blechteile herum. Man kann sich der Montagehalle nicht nähern, ohne Lärm zu verursachen. In der Halle wird Gott sei Dank gebohrt und gehämmert, so dass der Lärm beim Annähern nicht besonders auffällt. Auch ist ein leises Zischen von Flammen zu hören. Ein Schneidbrenner scheint in Aktion. Dann hört das Bohren, Hämmern und Zischen mit einem Schlag auf. Der Erste am Schuppen gibt nach hinten ein Zeichen, dass telefoniert wird. Alle warten gespannt. Plötzlich öffnet sich eine Tür, es huschen zwei Gestalten aus dem Gebäude und rennen im Zickzack davon. Im gleichen Augenblick erfolgt im Schuppen eine Explosion, die das Dach kurz anhebt und dann einstürzen lässt. Die Wände klappen mit Gepolter nach innen. Und es brennt. »Nur weg hier«, schreit der verletzte Beobachter, der sich mit einem Sprung aus der unmittelbaren Gefahrenzone retten konnte, »da drinnen stehen Gasflaschen. Die Feuerwehr muss her!« Trotz der Aufregung haben die Beamten einen der beiden Flüchtigen erwischt und ihm Handschellen anlegen können. Der andere kann das Gelände nicht verlassen haben, ist aber wie vom Erdboden verschluckt. Ein eingesetzter Suchhund findet, irritiert vom Brandgeruch, keine Spur. Als die Feuerwehr anrückt, fragt der Brandmeister, was sich denn in den verschiedenen verrottenden Tanks auf dem Gelände befinde. »Keine Ahnung«, hebt Bernd die Hände, »wir sind heute zum ersten Mal hier.« – »Wir auch!«, meint der Brandmeister, »und nun machen Sie mit Ihren Leuten mal ganz schön weit Platz, mindestens zwanzig Meter von allen Tanks entfernt. Wir müssen sicherheitshalber kühlen, bis alles gelöscht und die Gasflaschen aus der zusammengestürzten Werkhalle abtransportiert sind.«

Als sie sich außerhalb des Zauns der Werft gesammelt haben, fällt plötzlich ein ganzes Zaunsegment heraus. Und ein Geländemotorrad mit verschmiertem Kennzeichen rast über die Bretter davon. Die Verfolger mit dem Streifenwagen müssen kurz danach aufgeben. Schon ab der Ortsstraße fährt der Motorradfahrer Feld- und Wanderwege Richtung Lichtenberg hoch. Man hätte ihn nur noch bei der Unterführung unter der B 31 fassen können. Aber dazu ist es zu spät. Und ein Hubschrauber wird ihn auch kaum in dem steilen und dicht bewaldeten Gelände entdecken können.

Nachdem das Technische Hilfswerk die Gasflaschen abtransportiert hat und Teile der Halle mit einem Kran weghebt, wird Bernd dennoch fündig. Er findet zwei der von Konerfritz gebauten Trimaran-Ausleger, verschmorte Gummierung an allen Seiten. »Zwei ganz schön starke Magnete vorn und hinten auf Deck«, meint der begleitende Einsatzleiter des THW, als sie das ›Deck‹ des Auslegers mit der verschraubbaren Klappe und die Mechanik darauf näher anschauen, »gucken Sie mal, wie alle Kleinteile aus Eisen daran haften!«

»Das wird die KTU näher untersuchen«, kommt es nachdenklich von Bernd, »eigentlich genial, wenn es so funktioniert, wie ich denke. Wir werden sehen!« – »Verstehe ich nicht«, schüttelt der Mann vom THW den Kopf. »Gut«, sagt Bernd, »hier unter den Trümmern muss ein großer Vierkantschlüssel liegen mit einem Griff von etwa achtzig Zentimeter Länge. Wenn Sie mir den geben, zeige ich Ihnen gleich, wie das geht.« Und als ihm der Mann nach kurzem Suchen einen solchen Schlüssel reicht, setzt Bernd ihn an der Seite bei den Magneten an einem etwa fünf Zentimeter langen Vierkant an und legt den Hebel zur anderen Seite um. Dann schiebt er die Eisenteile auf dem Magneten leicht an, und diese poltern alle herunter. »Können Sie was lernen von mir!«, frozzelt er dann. »Das ist das Prinzip der Befestigung von Eisenteilen, wenn man sie schleifen will und nicht anders fest spannen kann. Zwei Magnetpakete schieben sich übereinander und verstärken oder neutralisieren sich, je nach Stand. – Lernt jeder Schlosser. Hab mal in den Ferien in so einem Betrieb geschafft!«

»Und wozu sollte das hier dienen?«, fragt der THW-Mann neugierig. »Ich habe zwar eine Idee, muss es aber noch mit dem Techniker der KTU ausprobieren«, meint Bernd, »Jedenfalls eine üble Unterwasser-Schmuggelvariante!«

Unter den Trümmern findet sich später auch das offene U-Boot-Dock, leer. Zwei verschmorte Tauchanzüge hängen an der Wand daneben. In der Werft hat man sich keine große Mühe gegeben, das Dock zu tarnen. Und das Netz draußen blieb auch leer. Bis auf die Entdeckung der ›Trimaran-Schwimmer‹ aus Koner-Produktion und dem einen Festgenommenen bisher also ein Fehlschlag.

Der inzwischen mit Egon Schneider an der Werft eingetroffene Dr. Lange erklärt die Aktion für vorläufig erfolgreich abgeschlossen. Im Panzerschrank des Anlagebüros hatte sich nur ein Blatt gefunden:

›Alle Fender sind nun leer –
und Ihr findet gar nichts mehr.
Euer Einsatz ist verpufft.
Auch die Werft fliegt in die Luft! –
Mit freundlichen Grüßen:
Ihr Dr. Amadeus‹.

Das mit den leeren ›Fendern‹ ist jedoch falsch, denn in der Eile sind nicht nur drei ›Fender‹ im U-Bootdock vertauscht worden, sondern auch auf den beiden Segelbooten finden sich insgesamt fünf der gefüllten Geldbomben mit einem Gesamtwert von fast sechs Millionen Euro.

Dienstag, 1. September 2009, Mittag Besprechung Überlingen

»Gundermann muss die Flucht schon nach dem unnötigen Anschlag vom Vorabend auf den eingeschleusten ›Rumpelstilz‹ geplant haben«, meint Bernd, als sie die Sachlage im Büro erörtern, »vermutlich sollten auch alle Mitwisser bei diesem Abgang erledigt werden. Und diese waren – wie unter Gaunern üblich – natürlich auch nicht faul, ihren Anteil zu sichern. Daher die vertauschten Geldbomben im U-Boot-Dock. Die Befragung der beiden Bootsführer der Manager-Villa und der überlebenden Taucher wird also spannend. Nur: Ist Dr. Amadeus mit dem U-Boot verschwunden. Wenn ja: wo befindet er sich jetzt. Und dann: wo ist der vierte Taucher geblieben. Und wer ist der zweite Mann von der Werft?«

»Ich möchte natürlich auch eine Untersuchung aller sichergestellten Geldscheine und Papiere auf Fingerabdrücke und einen Abgleich mit denen der Managerkursteilnehmer«, fordert Egon Schneider. »Können wir nicht machen, meine Herren«, entscheidet Dr. Lange, »so kurz vor der Wahl gibt das einen Riesenskandal. Das würde auf Wahlbeeinflussung hinauslaufen. Und das wünschen weder Stuttgart, noch Berlin. Diskret untersuchen, aber nicht veröffentlichen. Das habe ich bereits sehr deutlich zu hören bekommen. – Probieren wir lieber, mit den Kollegen in der Schweiz zusammenzuspielen. Die müssten doch nach den letzten Querelen mit dem Per Steinbrück daran interessiert sein, die schwarzen Geldströme selbst trockenzulegen, damit die Kavallerie ihre Indianer nicht abschießt. Sollen die doch die Täter erwischen. – Wäre das nicht ein Job für Sie, Kollege Breunecke? – Sie wollen doch sowieso nach St. Gallen wechseln!«

»Im Prinzip schon, Dr. Lange«, bricht es aus Bernd heraus, »doch erst, nachdem ich alle Unterlagen gesichtet habe, die Kollege Funke Ihnen übermittelt hat. – Und dann: Wenn wir mit den Schweizern zusammenarbeiten, steht nicht nur der Kanton St. Gallen an, wir müssen auch mit den Thurgauern in Frauenfeld und der thurgauischen Seepolizei in Kreuzlingen zusammenarbeiten. Ob die so gut harmonieren, habe ich meine Zweifel.« Und dabei denkt er an die Situation beim Bootshaus an der Mündung der Thurgauer Aach.

»Werde dafür sorgen, dass Sie zusammen mit Herrn Kriminalrat Schneider alle Vollmachten bekommen«, verspricht Dr. Lange, »nur den Ball flach halten und bis zur Wahl kein Skandal. Die Taucher und den Mann von der Werft nehmen wir Ihnen sofort ab, sobald Sie es wünschen.

Wir würden nämlich gern wissen, wer Funke ertränkt und Rumpelstilz fast umgebracht hat. Denn dass Funke ersäuft worden ist wie eine junge Katze, steht inzwischen fest.« Grinsend setzt er hinzu: »Vermutlich bekommen wir das eher raus als Sie, Kollege Schneider. Manchmal lohnt es sich, amerikanische Freunde zu haben.«

»Letzteres dürften Sie kaum vor Zeugen wiederholen, Dr. Lange«, grantelt Schneider, »aber geschenkt: Sobald wir unseren Teil wissen, können Sie die vier Verdächtigen gern haben. Vielleicht sind die gesprächiger, wenn wir ihnen die freudige Aussicht eröffnen, mit amerikanischen Freunden plaudern zu dürfen. Jeder frischt doch gern seine Englischkenntnisse auf, wenn's ihm der Untersuchungshaft zu langweilig wird!«

»Also sind wir uns einig!«, schließt Dr. Lange das Gespräch ab, »Sie ermitteln in diesem Sinne weiter, und die Wasserschutzpolizei versucht herauszufinden, wo das U-Boot abgeblieben ist. Den Dr. Amadeus schreiben wir international zur Fahndung aus, sobald wir ein Bild oder eine gute Beschreibung von ihm haben. Sonst besteht wenig Hoffnung: der Name ist mit Sicherheit falsch.«

»Damit ergibt sich ein weiteres Problem«, setzt Bernd nun an, »Gregor Vettl, Edwin Eberle und die Köchin Ute sind wohl – neben den Bootsführern und wahrscheinlich den Tauchern – die wenigen, welche den Herrn Dr. Amadeus identifizieren können. Bis auf Eberle und die Köchin sind alle vorläufig festgesetzt. – Sollten wir die Beiden nicht sofort in Sicherheit bringen?«

»Gebe ich Schneider und Ihnen freie Hand«, meint Dr. Lange, »nachdem Sie die Kursteilnehmer erkennungsdienstlich behandelt und dann nach Hause entlassen haben. Von denen können Sie sich natürlich auch den Herrn Amadeus beschreiben lassen. Die Kursteilnehmer müssen übrigens bis zur Abreise versorgt werden. Sonst steigen uns die Firmen aufs Dach, die sie hergeschickt haben. Überlingen soll am Ende doch nicht als gastfeindlich da stehen. Sonst lässt sich hier kein Bundestagspräsident oder ehemaliger Ministerpräsident mehr nieder*.«

»So viel Ironie hätte ich Ihnen gar nicht zugetraut, Dr. Lange«, lacht Bernd laut heraus, obwohl er genau weiß, dass die Aussage ernst gemeint war.

»Dann sind wir uns also in Allem einig!«, verabschiedet sich Dr. Lange sichtlich angesäuert, weil Bernd ihn so absichtlich missverstanden hat. »Gucken Sie nun in Ruhe die Unterlagen mit meinem Sekretär durch und rufen Sie an, wenn Sie daraus etwas dringend kopieren müssen!« –

»Kurt Eisenbarth, Herr Kollege Breunecke, wir hatten schon mal das Vergnügen«, stellt sich der Sekretär kurz vor, »und mit Ihnen hab ich schon mehrfach telefoniert, Frau Schwan, nett, Sie nun persönlich zu treffen.«

»Letzteres können wir vertiefen und erstmal Mittag machen«, kommt es trocken von Bernd, »Herr Dr. Lange wird sicher nichts dagegen haben, wenn Kollege Eisenbarth mit Judith und mir in ein uriges Überlinger Lokal geht, wenn er schon mal hier ist. Nachher spricht sich's leichter. Und vor den vielen Befragungen heute Nachmittag sollten wir uns auch wohl stärken.«

»Nehmen Sie Herrn Kriminalrat Schneider auch mit. Spesen sind genehmigt!«, ist Dr. Langes letztes Wort, als er geht. Aber Schneider winkt ab: »Hab was anderes zu tun. Und heute kann die Jugend mal unter sich bleiben!«

Und so trottet das Trio zunächst zum ›Pfännle‹. Und weil dies Ruhetag hat, schlendert es weiter durch die Altstadt zum ›Smoky Pub‹. Volker Grantl steht hinterm Tresen und schickt sie mit einem Wink weiter in die Nichtraucherabteilung. »Er hockt da drinnen. Komme gleich!«, meint er grinsend.

*) In Überlingen haben bereits der Ex-Ministerpräsident von Baden-Württemberg Erwin Teufel und der Bundestagspräsident Norbert Lammers ein Zweit-Domizil.

Dienstag, 1. September 2009, später Mittag Wieder mal Kalle

»Wen habt Ihr denn da mitgebracht«, fragt Kalle Weinig, als sie sich im Nichtraucherzimmer zu ihm an den Tisch setzen, »und wie habt ihr mich gefunden?« – »Ist doch klar, Kalle«, lacht Bernd, »wo solltest Du sonst sein, wenn das ›Pfännle‹ Ruhetag hat. »Kollege Kurt Eisenbarth«, stellt Judith vor, »und Kalle Weinig, ein gestrandeter Seekamerad!« – »So musst Du mich auch nicht niedermachen, Judith«, knurrt Kalle, »was heißt hier ›gestrandet‹, ich bin See-Invalide und hab mein Boot deswegen verkauft. Sonst würde ich Euch am Samstag selbst nach Rorschach rüber schippern. Geht einfach nicht mehr wegen der Schmerzen. – Aber auf'm See kenn ich mich immer noch aus. Brauch nur ein bequemes Schiff, auf dem ich mich bewegen kann. – Übrigens, Eure Reise mit Olli ist gebongt.« »Aha, deswegen wollten Sie mit mir ins ›Smoly‹, Kollege Breunecke«, bemerkt Eisenbarth. »Ich soll einen Insider der Szene kennen lernen. – Kann schon eine große Hilfe sein. Wenn es möglich ist, unterhalte ich mich später noch mit dem Herrn Weinig. – Herr Weinig, was trinken Sie?«

»Wenn Se mich so fragen, läuft gar nix«, tut Kalle beleidigt, »mit ›Sie‹ trinke ich nicht. Sag ›Du‹ und ›Kalle‹ zu mir. Und ich sag ›Kurt‹. Dann darfst Du mir ein Weizen bestellen.«

»Okay, Kalle«, reagiert Kurt Eisenbarth, »ein Weizen für Dich, eins für mich. Dann trinken wir auf das schnellste ›Du‹ meines Lebens. Du bist schon eine Marke, Kalle!« Und dann müssen alle am Tisch lachen.

»Was war denn in Unteruhldingen los«, setzt Kalle an, nachdem sie bei Volker Grantl Fischknusperle, Weizen und Apfelschorle bestellt haben und die Getränke vor ihnen stehen. »Habt Ihr die Werft vom Konerfritz zerlegt? Ein Kamerad vom THW hat Fürchterliches berichtet, sprach auch von einem komischen Trimaran-Ausleger, den der Fritz da entwickelt hätte. Und einer sei Euch entwischt. Könnt Ihr mich mal aufklären?« – »Nachrichtensperre, was das eine betrifft«, meint Bernd, »wirs'te sicher verstehen, Kalle. Aber beim ›komischen Trimaran-Ausleger‹ kannst Du mir vielleicht einen Tipp geben, ich komm noch nicht ganz drauf, was die Konstruktion soll. Ich mach mal eine Zeichnung auf den Bierdeckel. Dann kannst du mir dazu was flüstern.« – »Geniale Idee«, platzt Kalle heraus, nachdem er die Zeichnung einen Augenblick ungläubig betrachtet hat. »Mit den beiden Haftmagneten wird der komische Ausleger unter Wasser am Schiff befestigt. Zoll und Wasserschutzpolizei können da lange kontrollieren. Sie finden nichts, solange sie nicht einen Taucher suchen lassen. Und der denkt sich auch auf den ersten Blick nichts dabei, wenn das Schiff unter Wasser eine ›Beule‹ hat. Kann ja ein neuartiger Dämpfer gegen Schlingern sein. – Jetzt stell Dir nur mal vor: So ein Ding wird hier unter ein großes Boot platziert und im Zielhafen wieder abgenommen. Du musst als Käpten auf so nem Boot nicht mal wissen, dass bei Dir ein blinder Transportbehälter unterm Kiel hängt. Da drin kannst Du alles schmuggeln, was Du willst, todsicher.«

»Bestätigt meinen Gedanken, Kalle«, denkt Bernd laut nach, »und für das Anbringen und Abnehmen braucht man natürlich Taucher. Daher die Tauch- und Segelschule. Und für den Transport bis zum ausgewählten Boot oder Schiff ist eine entsprechende Unterwasser-Transport-Plattform nötig. Sehr clever!« Dass er mit dem aus dem Dock im Nussdorfer Bootshaus entwischten Klein-U-Boot die ›Transportplattform‹ bereits kennt, sagt er lieber nicht. Sie müssen das U-Boot unbedingt finden. Es kann eine Reichweite von höchsten 50 Kilometern haben und für maximal zwei Personen eingerichtet sein. Die bisher bekannten Docks sind blockiert. Das Boot muss also irgendwann auftauchen. Noch bevor das Essen auf dem Tisch steht, ruft er deswegen

Schneider an, ob es nicht angesagt sei, den See im Umkreis von Nussdorf und Unteruhldingen mit dem Hubschrauber zu kontrollieren. Schneider knurrt zwar, will sich aber darum kümmern, meint, er habe gerade den Vettl zusammen mit einem Zeichner in der Mangel, um eine Fahndungs-Bild für den entwischten Dr. Amadeus anzufertigen. Besonders kooperativ sei der Vettl nicht. Die Köchin und Eberle würden vor Ort befragt. Die Villa sei immer noch abgesichert. Und die Managerschüler würden allmählich aufmüpfig, weil man allen die Handys abgenommen habe. Bernd möge sich beeilen. »Schöner können Sie mir das Mittagessen nicht versauen, das gerade auf den Tisch kommt, Chef«, empört sich Bernd künstlich, »aber wir werden uns mit dem Kauen und Schlucken beeilen. Wenn wir uns verschlucken, Haben Sie Schuld.« Schneider lacht: »Na, dann aber gutes und schnelles Verschlucken!«

Nur eine halbe Stunde später gehen Bernd und Kurt im Büro die Funk'schen Unterlagen durch. »Genau, wie ich es mir gedacht habe«, kommentiert Bernd die meisten Daten. »Funke war ein exzellenter Beobachter!« Und dann stutzt er, als eine etwas unscharfe Videosequenz auftaucht, aufgenommen auf dem See. Wohl mit dem Handy. Zwei Boote liegen nebeneinander, und die Mannschaften tauschen die Fender aus. Sieht wie eine fröhliche Party aus. »Stopp, Kollege«, meint Bernd. »Die waren ja noch raffinierter, als ich dachte. Tauschen auf hoher See die Geld- und Devisenbomben aus. In seinem Heimathafen wird keiner kontrolliert, wenn er nur mal zur Rundfahrt ausgelaufen war. An die Fender denkt sowieso kein Schwein. Sehr einfach und unauffällig. – Und die Beteiligten halten es für einen Spaß unter befreundeten Segelschulen, können immer sagen, dass sie von nichts etwas wüssten. Raffiniert! Äußerst raffiniert, wie die Sore übergeben wurde! Schade, dass man den Namen des fremden Bootes nicht erkennen kann. – Aber jetzt wissen wir, wonach wir die beiden Bootsführer der

Villa fragen können und auch die Kursteilnehmer.« »Nicht zu vergessen die Kollegen in der Schweiz«, setzt Judith hinzu, »ich denke, Bernd, dass die schon morgen damit befasst werden müssen, wenn nicht heute, für den Fall, dass das U-Boot bei denen landet.« – »Ich werde Dr. Lange entsprechend benachrichtigen«, meint Kurt, der sich nun mit den Papieren verabschiedet, »aber Ihr habt ja schon freie Hand bekommen. Also Waidmanns Heil in der Sache – oder Petriheil vielleicht!«

Dienstag, 1. September 2009, Nachmittag Befragungen

Gregor Vettl erweist sich weiter als zäh. Trotz Anfängen von Entzugserscheinungen hält er seinen Kurs durch und behauptet, von nichts eine Ahnung zu haben. Auch Geldscheine aus den Devisenbomben, die eindeutig seine Fingerabdrücke tragen, stimmen ihn nicht um. »Die Herren zahlen Ihre Kursgebühren bar, ich gebe das Geld gebündelt an den Chef weiter«, behauptet er, »da ist es doch kein Wunder!« Eine Zeichnung von Dr. Amadeus kommt mit seiner Hilfe auch nicht zustande. Von den Abläufen im Haus weiß er angeblich nichts, weil diese dem Eberle übergeben seien, und das Geldanlage-Büro von Dr. Amadeus habe er nie betreten. Schneider hat es satt und lässt Vettl deswegen wieder wegsperren. Vielleicht wird er gesprächiger, wenn die Entzugserscheinungen stärker werden und er einen Arzt braucht.

In der Nussdorfer Villa geht alles leichter, als Schneider und Breunecke es erwartet haben. Die Kursteilnehmer der ersten Gruppe bestätigen den merkwürdigen Tausch der Fender, wie ihn Funke aufgenommen hat. Der Name des anderen Bootes sei ›Midas 2‹ gewesen. Auf ihre Fingerabdrücke auf Geldscheinen in den Fendern des heutigen Tages hingewiesen, erklären alle das Gleiche, dass sie nämlich die Kursgebühr von achttausend Euro bei Ankunft in bar bezahlt haben. Das sei so ausgemacht. Wohin die Scheine dann wanderten, sei sicher nicht ihre Sache. Das Bootshaus haben nur diejenigen betreten, die dort die Taucheranzüge anprobierten, also bisher nur die Seniorgruppe. Keinem von Ihnen ist beim Stress der Anprobe irgendetwas aufgefallen. »Alles war so neu für uns«, sagen sie. Bernd kann es verstehen.

Auf die Frage, ob sie mit Dr. Amadeus Wendelin Gundermann über Geldanlage gesprochen hätten, will keiner Auskunft geben. »Ja, schon«, bekommen Schneider und Breunecke immer wieder zu hören, »aber nur ganz allgemein im Kurs.« Das Anlagebüro will keiner betreten haben. Und nach den Unterlagen der Spurensicherung wird auch keinem das Gegenteil zu beweisen sein.

Schneider lässt beide Kurse im Speisesaal zusammenrufen. »So, meine Herren«, erklärt er dann, »wie Sie bemerkt haben, wird hier in der Villa und im Bootshaus aus verschiedenen Gründen ermittelt. Ihre Personalien haben wir. Ihre Befragungen sind vorläufig abgeschlossen. Sollten Sie noch sachdienliche Hinweise geben können, setzen Sie sich mit uns in Verbindung. Jeder hat ein Kärtchen von uns erhalten. Die Kurse sind hiermit beendet. Abreise spätestens morgen nach dem Frühstück. Sie können sich bis dahin im Prinzip wieder frei bewegen. Aus Gründen Ihrer persönlichen Sicherheit weise ich Sie jedoch darauf hin, dass gestern Abend auf einen Kursteilnehmer ein gezielter Mordanschlag verübt wurde. Jeder von Ihnen, der den flüchtigen Dr. Amadeus Wendelin Gundermann – oder wie der nun heißen mag – identifizieren kann, ist prinzipiell genau so gefährdet. Bleiben Sie also besser hier im Hause. Es ist bewacht. Ihre Handys werden Ihnen nun wieder übergeben, damit Sie Ihre Abreise organisieren können und Ihre Betriebe und Familien informieren. Für Ihrerseits an

Dr. Amadeus bestehende Forderungen sind wir nicht zuständig. Für eventuelle Anzeigen wegen Betrugs haben wir entsprechende Formulare mitgebracht.«

»Und damit das klar ist«, ergänzt Breunecke, ehe die große Unruhe ausbrechen kann, »der bis morgen im Hause verbleibende Verwalter Eberle und die Köchin sowie die zwei Hausmädchen sind für Ihre Fragen als praktisch entlassene Angestellte nicht zuständig. Herr Eberle wird Ihnen allerdings bei der Organisation Ihrer Abreise behilflich sein, soweit er kann. Wir wünschen Ihnen einen schönen Abend!«

Als Schneider und Bernd Breunecke die Villa verlassen, zupft die Köchin Ute Bernd am Ärmel. Dann legt sie den Finger vor ihren Mund, flüstert »Bitte nicht verraten!« und schiebt ihm nach einem kurzen Seitenblick etwas in die Tasche.

Im Wagen holt Bernd den Gegenstand heraus. Es ist ein Bild. Auf der Rückseite steht ›Dein Amadeus‹ ! – »Ich hatte es geahnt«, ist Schneiders Kommentar, »wir müssen das Fräulein Ute morgen doch einmal eindringlicher befragen. – Aber ihren Mut sollten wir belohnen: Kein Wort also zu ihrem ernsthaften Liebhaber Eberle!« – »Mann o Mann, ist der schon wieder mal reingefallen?«, fragt Bernd. »Kann sein, kann aber auch nicht sein«, schließt Schneider das Gespräch ab, »wir können den lieben Dr. Amadeus mit dem Bild endlich zur Fahndung ausschreiben. Und kein Wort zu Eberle, woher das Bild kommt. Okay!« – »Okay, Chef«, seufzt Bernd ergeben, »kenne einer die seltsamen Wege der Frauen!«

Im Polizeirevier zurück, lassen sie sich zunächst den gefassten Arbeiter von der Koner-Werft vorführen. »Nix wissen ...« Wieder ein Albaner ohne Papiere. Ohne Dolmetsch keine Chance. Also wandert er zurück in die Zelle.

»Dann zum Krankenhaus«, entscheidet Schneider, »die drei Taucher dürften operiert und wach sein. Vielleicht erfahren wir von denen etwas.« Aber Judiths Anruf ergibt, dass alle drei noch im Aufwachraum liegen, sogar der Taucher, dem die Harpune aus dem Oberschenkel entfernt werden musste. Die Widerhaken hätten alles kompliziert, heißt es bei der von Schneider veranlassten erneuten Nachfrage.

»Dann die beiden Bootsführer aus der Villa«, sagt Egon Schneider, »die müssen doch inzwischen weich sein.«

Aber die beiden geben wie Vettl an, von nichts etwas zu wissen. Die Ausbildungsanweisungen hätten Sie von Vettl erhalten. Unter anderem auch zu dem Spaß mit dem Fendertausch auf hoher See, weil da die Jungs ihre Standfestigkeit beweisen könnten. Als Schneider sie auf den Inhalt der aufgeschraubten Fender anspricht, schauen sie ihn verständnislos an. Und das Boot, welches ihnen jedesmal begegne, gehöre zu ihrer Segelschule in Arbon, an welcher Dr. Amadeus Gundermann zu einem Drittel beteiligt sei. Die Begegnung auf See sei schon eine kleine Tradition im Programm. Und das liefe schon seit drei Jahren so, seit die Managerschule existiere. Schneider muss die beiden laufen lassen. Als er ihnen darlegt, dass ihr Job in der Villa sich aus verschiedenen Gründen wohl erledigt hat und die beiden Boote vorerst an die Kette gelegt werden müssen, schauen sie betreten drein: »Wir haben aber einen Vertrag für die Segelschule«, muckt der eine auf. »Mit wem denn, wenn der Pachtgeber weg ist?«, fragt Schneider. »Ja, als Schweizer Unternehmen haben wir hier einen Dienstleistungsvertrag mit Dr. Amadeus Gundermann. Wir sind nur vorübergehend zur Dienstleistung hier stationiert. Die Boote gehören unserer Segelschule in Arbon. Sie können die nicht festhalten.« »Schon«, wird Schneider nun wütend, »Sie haben selbst gesagt, dass Dr. Gundermann an der Segelschule beteiligt ist. Dieser Teil wird beschlagnahmt, weil Forderungen deutscher Manager gegen Dr. Gundermann bestehen. Also ein Drittel von jedem Boot bleibt hier. Das heißt insgesamt ein Boot, damit auch die Liegekosten gesichert sind. Mit dem anderen Boot dürfen Sie nach Arbon absegeln.« »Harte Sitten bei Ihnen«, meinen die Beiden, als sie gehen, »wir werden unser Konsulat verständigen!«

»Nun zu den Mietverträgen des Konerfritz, zu den Explosionsursachen auf seinem Hof und zu den Flecken in dem komischen Fahrsilo«, ruft Schneider nach dem Weggang der beiden immer noch ärgerlich, »haben wir da schon Neues, Judith?«

»Die Berichte liegen alle seit zehn Uhr auf Ihrem Tisch, Chef«, reagiert Judith ebenfalls verärgert, »Sie müssen nur graben – oder soll ich Ihnen lieber das Fazit vortragen?«

»Das Fazit, bitte«, ergibt sich Schneider, »und Entschuldigung, wenn ich zu penetrant war, Judith. Der Vettl und die beiden unwissenden Bootsführer vom andern Ufer haben mich ganz schön genervt. Und wenn es geht, bitte vorher einen Kaffee.«

Dienstag, 1. September 2009, später Nachmittag Kontoführung und Mietverträge

»Nach Durchsicht aller Kontounterlagen und Verträge sowie schriftlichen Aufzeichnungen des Fritz Koner ergibt sich folgendes Bild«, trägt Judith vor, »mit den Bauern in Lippertsreute und Umgebung hat er feste Lieferverträge bezüglich Anlieferung von Mais und anderer Biomasse. Die Verträge sind zum Teil bei den Banken der Anlieferer hinterlegt. Die haben also genau so Schulden wie er. Denn sein Stromliefervertrag mit den Stadtwerken ist bei seiner Hausbank verpfändet, desgleichen sein Milchkonto bei der Molkerei. Und bei der Bank hat er eine Hypothek auf den Hof aufgenommen, als er die Biostromanlage aufbaute. Alle Maschinen und Traktoren gehören praktisch der Bank. Nur das Auto taucht nirgendwo unter den belasteten Immobilien und Mobilien auf.

Vermutlich gehört es der Frau. Der Hof ist mit fünfhunderttausend Euro gegen Brand versichert. Auf Frau Koner ist eine Lebensversicherung über zweihundertfünfzigtausend Euro abgeschlossen. Ein Pachtvertrag für die Werft existiert nicht. Es sind nur monatlich Notizen vorhanden, aus denen man den Eingang von etwa tausend Euro bar für das Werftgelände entnehmen kann. Der Pächter wird nicht genannt. Man darf ihn hinter dem Kürzel ›L.I.R.‹ suchen. An diesen ›L.I.R‹ wurden auch für jeweils sechstausend Euro zwei ›Ausl. Tri.‹ geliefert und jede Menge ›Fend. ver.‹ zum Stückpreis von hundertachtzig Euro. Dann steht da noch ›Pol.‹ zu sechshundert Euro. Das waren also steuerfreie Bargeschäfte, die der Mann wohl nur notiert hat, um sie nicht zu vergessen. Fazit: Schulden bis über die Ohren. Deswegen ist auch verständlich, dass die Versicherung wegen des Todesfalls der Frau Koner und des Brandes misstrauisch ist. Vertreter der Bank und der Versicherung haben schon angerufen. Wenn der Konerfritz durchgedreht haben sollte, ist das kein Wunder. – Und der Pathologe hat durchgesagt, dass im Fahrsilo eindeutig ein Schwein verfault ist. Zu dem Zeitpunkt muss dort aber Mist gelagert worden sein. Er hat auch das ›Brombeerskelett‹ näher untersucht. Und dort ist er anders fündig geworden. Die Knochen sind teilweise von Gerbsäure durchdrungen, teilweise aber von Fermenter- und Mikrobenresten, wie diese nur in Gülleanlagen beim Gärungsprozess vorkommen. Seiner Meinung nach muss die Leiche über lange Zeit in einem Gärturm gelegen haben und in Gas umgesetzt worden sein, zumindest die Weichteile. – Er hat mit der KTU gesprochen, welche die Kleiderreste und den Schuh untersucht hat. Die kommen zu dem gleichen Ergebnis und haben am Fundort im Himbeerschlag eine Probegrabung gemacht. Die Leiche kann dort nicht verwest sein. – Der Pathologe hat alle Datenbänke in Deutschland nach Vermissten abgegrast, auf welche das Zahnschema des Skeletts passen könnte: Fehlanzeige. Danach hat er eine der Goldplomben entfernt und diese auf ihre

Zusammensetzung prüfen lassen. Die verwendete Legierung wird nur in der Schweiz eingesetzt. Nun versucht er dort sein Glück. – Und ich habe bei Familie Tatzner in Salem-Mimmenhausen angerufen und mit Lydia, der Schwester der toten Ellen Koner, gesprochen, weil die doch ihren Liebhaber in Romanshorn kennen gelernt haben soll. Den Nachnamen habe Ellen ihr aber nie verraten, hat die Schwester gesagt. Der Vorname sei Ueli. Und der Ueli müsse Sänger bei einem Schweizer Shanty-Chor sein, denn auf Shantysänger sei die Ellen schon immer abgefahren. Der Konerfritz sei früher auch im Shanty-Chor gewesen, aber vor drei Jahren plötzlich ausgetreten.«

»Danke Judith«, nickt Schneider, »Ist ja doch schon was! Jetzt müssen wir nur noch unter den zwei oder drei Schweizer Shanty-Chören herausfinden, ob dort noch ein Ueli singt oder gesungen hat, um festzustellen oder auszuschließen, ob er oder ob er nicht in Koners Gärturm verrottet ist.« – »So einfach ist das nicht, Chef«, mischt sich Bernd ein, »Wenn man dem Internet glauben darf, sind es ›nur‹ neun Shanty-Chöre in der Schweiz. – Wie ist es, wenn ich das Zahnschema und ein DNA-Profil mitnehme, sobald ich morgen oder übermorgen mit den Kollegen in Frauenfeld und der Seepolizei in Kreuzlingen Kontakt aufnehmen muss, um die Segelschule in Arbon zu prüfen und mit ihnen über den Dr. Amadeus und seine Geldtransportmethoden zu sprechen?«

»Nee, Breunecke«, schüttelt Schneider den Kopf, »Judith hat das angefangen. Und ich denke, sie kann all das morgen per Mail und Telefon mit dem Polizeikommando in Frauenfeld und der Seepolizei des Kantons in Kreuzlingen vorklären. Es reicht, wenn wir die Stellen danach morgen oder übermorgen persönlich kontaktieren. Ich hoffe, dass unsere Kameraden von der Wasserschutzpolizei schon wegen des U-Bootes Kontakt aufgenommen haben. Eventuell taucht das ja am Schweizer Ufer auf. Man weiß nie.«

»Also heißt das morgen für uns«, seufzt Bernd, »in der Villa und der Werft Nachlese zu halten, auf dem Konerhof in den Gärtürmen suchen zu lassen, den Konerfritz – falls ansprechbar – in der Weissenau besuchen, die drei Taucher vernehmen und die zwei albanischen Schwarzarbeiter.«

»Vergessen Sie nicht den Vettel, den Eberle und die schöne Köchin«, ruft ihm Schneider in Erinnerung und zwinkert ihm zu. Die müssen so untergebracht werden, dass sie sicher sind. Der Eberle kann bestimmt bei seiner Mutter in Sipplingen wohnen. Aber für die schöne Köchin haben Sie doch bestimmt ein Zimmer frei, Breunecke.« – »Untersteh Dich, Bernd«, giftet Judith, die das Zwinkern nicht mitbekommen hat, »die Dame kommt mir nicht in die Wohnung.« Und dann heult sie los: »Gerade jetzt, wo alles so schwierig wird und mir dauernd schlecht ist.«

»Bitte?«, fragt Bernd, »warum sagst Du mir nichts davon?«

Und Egon Schneider entschuldigt sich wieder einmal bei Judith, sagt dann: »Also, da habt Ihr zwei was zu klären. Fahrt nach Hause! Macht Schluss für heute. Ich knöpfe mir, bevor ich heute gehe, noch einmal den Vettl vor. Der hat gekübelt wie ein Reiher, nachdem er sein Dope lange genug nicht mehr bekommt. Und der Arzt war bei ihm. Jetzt scheint er reif. Aber bei der Befragung brauche ich Sie heute nicht. Da kann ich mehr aus mir herausgehen. Viel wird der Vettl zwar sowieso nicht herauslassen. Aber ich bin inzwischen cool genug, um mir seine heftige Aufregung und seine ausgeklügelten Frechheiten zu gönnen!«

»Danke, Chef«, sagt Judith, als sie mit Bernd geht, »aber bringen Sie sich bei der Befragung vom Vettl nicht in Schwierigkeiten. Das ist dieser lächerliche Fußabstreifer wirklich nicht wert. Und machen Sie wegen der Köchin nicht wieder solche Scherze. Natürlich kann sie zur Not mal eine Nacht bei uns sicher untergebracht werden. Ist ja kein Thema. Aber nicht für länger. Wir haben kein Polizeiasyl!«

»Ist schon gut, Judith«, lenkt Schneider ein, »ich habe mich beim Frozzeln vergaloppiert. Wir bringen die Dame morgen bei mir in Ernatsreute unter. Da ist sie sicher und kann meiner Hilde auch ein bisschen zur Hand gehen.«

Dienstag, 1. September 2009, Abend
Familienprobleme

»Ist das wirklich wahr?«, fragt Bernd, als sie im Auto sitzen, »wir werden Eltern?« Judith nickt, legt ihm die Hand auf den Arm und heult dann los: »Und das wird so schwierig mit Mutters laufendem Umzug und so weiter.«

»Mal langsam, Judith«, nimmt Bernd sie in den Arm, »wichtig ist, dass wir Eltern werden. Das ist ganz toll. Und alles andere regelt sich. Wir sprechen noch heute Abend mit Deiner Mutter und hören, was sie dazu sagt. Ich denke, dass sie sich nun sofort um das Schweizer Bürgerrecht bemüht und für dich gleich mit. Dann bekommt unser Kind es in jedem Falle auch. Ganz gleich, wann wir zwei es dorthin schaffen und wann wir heiraten. Und: Ich habe schon Übung als Vater, auch wenn es länger her ist. Es wird nicht so schwer. Verlass Dich drauf!«

Als sie zu Hause ankommen, lächelt Judith schon wieder. Gemeinsam bereiten sie ihr kleines Abendessen vor. »Brauchst Du jetzt ein Glas saure Gurken dazu«, neckt Bernd. Aber Judith ist in ganz anderen Gedanken. »Ich werde Mutter bitten«, sagt sie, »dass ich schon im nächsten Monat mit meinen Möbeln bei ihr in St. Gallen offiziell einziehen kann. Dann haben wir auf alle Fälle zwei Wohnungen. Das macht sicher alles leichter und spart uns hier eine Miete. Die können wir für unseren gemeinsamen Umzug aufheben.«

»Na ja«, meint Bernd, »vielleicht können wir auch zum Umzug eine Beihilfe bekommen oder die Kosten von der

Steuer absetzen. – Aber das ist doch völlig egal, wenn wir Eltern werden und ein gesundes Kind haben. Das ist das Wichtigste!«

Sarah Schwan reagiert genau so, wie Bernd es gesagt hat, als Judith anruft. »Ich freue mich«, sagt sie nur, »morgen gehe ich aufs Bürgeramt und beantrage all das, was nötig und möglich ist. Am Samstag kommt Ihr doch mit dem Boot – oder? Ich muss Euch schließlich einen Liegeplatz in Rorschach reservieren und Euch abholen.«

»Klar, Mama«, heult Judith los, »wir kommen, und ich freue mich so!« Bernd muss den Hörer übernehmen. Er redet noch eine ganze Weile mit seiner Schwiegermama in spe, während sich Judith an ihn kuschelt.

Später zerlegt Bernd in der Küche noch Onkel Samis Espressoautomaten. Es dauert und dauert, bis er schließlich durchblickt und die Maschine wieder zusammensetzen kann. Als er ins Bett kommt, schläft Judith schon. Aber er weiß: Am Morgen wird sie einen perfekten Capuccino bekommen, und er selbst freut sich auf den doppelten Espresso. »Nur schade, dass die Maschine am Samstag wieder in die Schweiz wandert«, denkt er beim Einschlafen.

Mittwoch, 2. September 2009, Morgen
Telefon, Fax, Mail und Verhöre

Als Bernd und Judith dank Onkel Samis Kaffeeautomaten nach einem gelungenen Frühstück zum Dienst fahren, schlägt sich Bernd im Auto vor den Kopf. »Was ist?«, fragt Judith, die am Steuer erschrocken zusammenfährt. Und Bernd erklärt: »Ich Trottel frage den Kalle nach allem möglichen technischen Kram und denke gar nicht daran, dass der vom Shanty-Chor her die Affäre kennen muss, welche die Ellen Koner mit dem ›Ueli Unbekannt us der Schwyz‹

hatte. Der Konerfritz ist doch wohl bei denen Mitglied gewesen. Und wenn da die Frau von einem aus dem Überlinger Chor während des Shantyfestivals in Romanshorn sozusagen bei einem Shanty-Kumpel aus einem Schweizer Chor anheuert, sind die Kameraden die Ersten, die das mitbekommen. Bevor wir das ganze Gedöns mit Fax, Mail und so weiter anleiern, rufe ich lieber den Kalle an. Es sollte mich wundern, wenn der den Chor und den Namen des zeitweiligen neuen Steuermanns der Ellen Koner nicht weiß. Und falls der Konerfritz beim Segler-Chor gewesen sein sollte, weiß der Kalle das bestimmt schon deswegen, weil die Leute vom Shanty-Chor sich dann an der Affäre hochgezogen haben. Die beiden Chöre sind sich schließlich spinnefeind. Da ziehen die sich solch einen Skandal genüsslich rein.«

Im Büro angekommen, ruft Bernd gleich bei Kalle an. »Was weckst Du Blödmann mich?«, bekommt er nach zweimaligem langen Läuten als erstes nach einem Gähnen und einem unwiederholbar saftigen Fluch zu hören, der selbst den Teufel in der Hölle hätte rot werden lassen. »Hast Du Arschloch mal auf die Uhr geguckt? Vor zehn Uhr solltest Du keinen Invaliden wecken, oder Du setzt Dein Leben aufs Spiel. Du traust Dich was! – Wo brennt's denn, Bernd?«

Nachdem Bernd die Sache erklärt, ist Kalle etwas sanfter. »War eine heiße Kiste damals in Romanshorn«, setzt er an, »die beiden waren gleich so scharf aufeinander, dass das Umkleidezelt beinahe zusammengekracht wäre, in dem sie es getrieben haben. Der Konerfritz hat uns damals geholt, wir sollten den Ueli mit ihm zusammen verkloppen. Klassenkeile oder so ähnlich. Machen wir aber nicht unter Chören. Soll selber auf seine Alte aufpassen. Und dann hat ihm später noch ein Trottel von unseren Kameraden mit besoffenem Kopp gesagt ›Lieber eine für alle als alle für einen!‹ Und die ganze Bande hat gelacht. Danach ist der Fritz aus dem Chor ausgetreten. Und der andere, der Ueli von den Spiezern, der soll damals zu Hause alles verkauft haben. Hat seinen Kameraden erzählt, er würde mit der Ellen nach Neuseeland auswandern. Und als die Kumpels vom Spiezer Chor ihm gesagt haben, dass er wohl bekloppt wäre, hat er sich bei ihnen nicht mehr blicken lassen. Wo er dann wirklich abgeblieben ist, hat danach keinen Schwanz mehr interessiert. Jedenfalls war er bei denen von einem Tag auf den anderen weg und hat nichts mehr von sich hören lassen.«

»Danke für die Auskunft, Kalle, und noch mal Entschuldigung, dass ich Dich geweckt habe!«, lässt Bernd nun verlauten.

»So einfach kommst Du mir nach diesem Sakrileg nicht davon, Bernd«, knurrt Kalle, »Strafe muss sein. Ich geh jetzt ins ›Pfännle‹ zum Frühstücken. Das Frühstück und drei Weizen lass ich auf Dich schreiben, wenn Du mich schon so früh aus meiner Koje schmeißt.« –

»Kannste gern machen, Kalle«, druckst Bernd herum, »war ja nur, um Judith ein bisschen Arbeit zu ersparen. Ihr ist es morgens immer schlecht. Und Judith sollte nur mit dem Vornamen, einem Zahnschema und einem DNA-Streifen die ganze Schweiz nach einem Ueli abklappern, der vor etwa drei Jahren verschwunden ist. Eventuell stimmt dieser Ueli mit dem Skelett überein, über das ich im Himbeerschlag beim Bascheshof gestolpert bin.«

»Mensch, Bernd«, wird Kalle nun munter und freundlich, »dann kann man Euch ja wohl bald zur Elternschaft gratulieren. Streich mal meine Idee mit dem Frühstück und den drei Weizen. Und ich nehme all meine Flüche und Beschimpfungen zurück. Bestell lieber der Judith einen Gruß und halt mich auf dem Laufenden, falls das Skelett wirklich der scharfe Ueli aus Spiez ist. Ich sag's auch nicht weiter.«

»Gebongt, Kalle«, gibt ihm Bernd zurück, »und noch mal danke!«

Mit einem »Das macht die Sache schon mal leichter, Judith!« gibt Bernd die neuen Erkenntnisse weiter. Dann ruft er bei der Kantonspolizei in Bern an, weil Spiez nur noch eine normale Polizeistation hat, und gibt die bekannten Daten nach dem Anruf per Mail an die passende Stelle weiter. Dabei muss er sich immer wieder verkneifen, nach dem Fahndungswachtmeister Jakob Studer zu fragen und ob der seine Brissago nach den Anti-Raucher-Gesetzen jetzt vor der Tür qualmen muss. Doch dann denkt er daran, dass die Kollegen in Bern wohl oft genug mit der Frage nach dieser Kunstfigur aus der Feder des Schriftstellers Friedrich Glauser genervt werden.

Die Kollegen in Bern wollen die Sache überprüfen, bitten aber um etwas Geduld. Schon nach einer Viertelstunde ruft ein Kriminalwachtmeister Studer aus Bern an, er werde der Sach innert zwei Täg nachgehen. Ein Ueli Bündeli sei nach vorliegender Notiz aus Spiez vor drei Jahren unbekannt abgängig. »Ihr lachet, Kolläge Breunecke«, setzt Studer dann bedächtig hinzu, »de Kolläge ie Luzern habet sich allewil über mein Name luschtig g'macht. Deswäge hab i um Verlagerung nach Bern angsucht. Etz habe ich immer Spass, wenn de Kolläge denket, se hätte sich verhöret.« »Zweifellos«, lacht Bernd nun laut, »zweifellos eine geniale Lösung! Ich freue mich schon auf Ihren Anruf am Freitag. Und wo rauchen Sie jetzt ihre Brissago?« Nun lachen sie beide. Und immer noch lachend legt Bernd auf und geht danach zu Schneider hinüber, der schon ungeduldig wartet.

»Der Vettl ist mir gestern bei der Vernehmung zusammengeklappt, Breunecke«, berichtet Schneider knapp, »und ich sollte ihm auch noch versprechen, dass ich vom Gewimmere nicht verraten würde, das er veranstaltet hat, bis ihm der Arzt behelfsmäßig was spritzte. Danach war der Vettel handzahm und redete. Er habe geahnt, dass mit Dr. Amadeus was nicht richtig liefe, weil alles in bar und im Voraus abgewickelt wurde, was doch eigentlich in der Wirtschaft unüblich sei. Aber Verschwiegenheit habe nun mal zu den Anstellungsbedingungen gehört. Der Job sei auf der lehrgangspädagogischen Schiene ja auch interessant und entsprechend gut bezahlt gewesen, und gleich in der Probezeit habe er nicht wechseln wollen. Und um da gut durchzukommen, habe er eben zu seinem kleinen Helfer gegriffen. Die Jungs von der Tauchertruppe hätten ihn damit gut und preiswert versorgt. – Wir müssen also die drei greifbaren Taucher befragen! – Den Vettl habe ich inzwischen mit seinem Einverständnis nach Konstanz überstellen lassen. Dort wird sich die Drogenfahndung noch mit ihm befassen und ihn danach bis zum Prozess zu seiner eigenen Sicherheit in den bewachten Entzug stecken, weil er den Dr. Amadeus identifizieren kann und damit eventuell gefährdet ist. Die Kollegen von der Rauschgiftfahndung wollen natürlich auch die drei Taucher verhören. Ich habe ihnen aber erklärt, dass sie dies erst nach unserer Befragung zu den Körperverletzungen beziehungsweise Mordversuchen tun können, also erst am Nachmittag. Und jetzt kommen wir zu den beiden Albanern, danach zu Eberle und seiner schönen Köchin. Der Dolmetsch sitzt schon draußen.«

Der Dolmetsch und der albanische Arbeiter aus der Nussdorfer Villa sitzen kurz darauf vor Schneiders Schreibtisch. Aus den Angaben des Albaners geht hervor, dass er schon seit dem Kosovokrieg in der Villa arbeitet. Der jetzige Besitzer in Stuttgart hat ihn schon quasi von seiner Tante mit der Villa geerbt. Und die Mieter haben ihn immer übernommen, weil er sich mit der Heizung und dem Garten auskennt. Der Gang vom Keller zum Bootshaus, so kommt es heraus, bestand schon früher. Die Tante hatte ein Elektroboot in einer Art Schleuse hinter der Eisentür liegen. Die Sauna war erst vor drei Jahren eingebaut worden. Gleichzeitig wurde die Schleuse überdeckt, die Eisentür an der Schleuse nach unten verlängert und der Kanal vertieft. Danach hatte der Albaner keinen Zugang mehr zu dem Gang und bekam nicht mehr mit, was in der überdeckten Schleuse passierte. Zum Abschluss der Befragung radebrecht er: »Nix

Arbeit in Tirana. Hier ich essen in Kiche, können schlafen in kleines Kammer oben in Haus. Kriegen Geld fir kaufen Anzug. Kriegen Geld fir haben Spaß. Sein gut fir mich, sein gut fir kleines Cheffe, wo mich zahlen.«

Schneider verständigt die Ausländerbehörde und lässt den Albaner von einem Beamten zum angegebenen Auffanglager begleiten. Asyl wird der arme Mann wohl nicht bekommen, und den derzeitigen Besitzer der Villa wird die Gutmütigkeit oder der fortgesetzte Geiz seiner verstorbenen Tante noch Einiges kosten.

Der andere Albaner ist von einem Lenni Rincke vor einem Jahr für Arbeiten auf der Werft angeheuert worden, weil er schweißen kann. Das entsprechende Zeugnis hat er sogar dabei. »Schennes Arbeit, vil ausprobire«, sagt er zu dem, was er zusammen mit Rincke dort gemacht hat. Über den Zweck kann oder will er nichts sagen. Vielleicht hat Rincke ihm das auch nicht näher demonstriert. Weggelaufen ist der Schweißer nur, weil Rincke plötzlich gerannt ist. Und er ist gerade noch aus der Hallentür entwischt, ehe Rincke diese von außen verriegeln konnte. »Rincke-Schwein mich wolle totgehen lass in Halle«, sagt er empört. Schneider lässt den Schweißer ebenfalls nach Meldung an die Ausländerbehörde ins Auffanglager überstellen: »Wenn der Rincke den in der Halle umkommen lassen wollte, ist er als Asylbewerber im Lager bestens aufgehoben. Da findet der Rincke den nicht so leicht. Und vielleicht kommt der Schweißer nach der Bundestags-Wahl auch beruflich unter.« »Wohl kaum, Chef«, korrigiert ihn Bernd, »die Konjunktur wird nach der Wahl wohl anziehen. Die neue Regierung, ganz egal, ob Schwarz-Rot, Rot-Grün oder Schwarz-Gelb muss ja was bieten. Aber Arbeit für einen illegalen Schweißer vom Balkan? Da sehe ich nach wie vor schwarz. – Ich probiere schon mal, ob ich Daten vom Rincke reinbekomme.« Und wenig später zuckt er zusammen, als er ›Lenni Rincke‹ eingegeben hat. Denn nach den Angaben im Polizeicomputer ist ein ›Lennert Ingo Rincke‹ vor vier Jahren zusammen mit einem vorzeitig aus dem Gefängnis entlassenen Mörder aus Schleswig-Holstein an einem Raubüberfall beteiligt gewesen. Rincke wurde erschossen und von einem großen Fernlaster überrollt. Der Komplize ist seither untergetaucht. Die Daten des beim Vorfall getöteten Rincke sind nicht direkt verfügbar. Sollte etwa Ex-Kamerad Lenni vorzeitig entlassen worden sein und so geendet haben? – Von der Zeit her könnte es passen. Bernd muss der Sache nachspüren.

Kaum sind die beiden Albaner abtransportiert und der Dolmetsch hat seinen Auszahlungsschein erhalten, führt Judith Eberle ins Vernehmungszimmer. Sie winkt Bernd kurz heraus und sagt zu ihm: »Die Köchin Ute ist auch schon da. Wartet an meinem Schreibtisch. Die ist ja wirklich hübsch!« – »Ich lass mich trotzdem nicht umstimmen«, lacht Bernd und gibt seiner Judith einen Kuss, ehe er wieder in den Vernehmungsraum geht.

Eberle hat von seinem Aufgabenkreis her nicht mitbekommen, was an krummen Dingen in der Villa lief. Natürlich wusste er, dass der beschäftigte Albaner nicht ganz legal da war. Aber den hatte Dr. Amadeus angestellt oder mit dem Haus übernommen. »Eigentlich«, meint er am Schluss, »hätte ich mir denken können, dass auch sonst etwas nicht stimmte, weil Gregor Vettl stets so aufgedreht und positiv eingestellt war. Aber ich habe gedacht, der hätte jetzt eine Goldader gefunden, oder er kokse wieder ein bisschen. Jedenfalls hatte ich keinerlei Verdacht, bis der Herr Funcke verschwand und das Notebook komplett gelöscht war. Aber was das bedeutete, ist mir nun tatsächlich völlig entgangen.«

»Kann es sein, dass Ihre Ute Sie so sehr beschäftigt hat?«, fragt Schneider. »Kann sein«, denkt Eberle laut nach und wird puterrot. »Gut, Herr Eberle«, meint Schneider nun, »ich gebe Ihnen als älterer Mann einen guten Rat.

Wenn Sie Ihrer Ute nicht bald sagen, wo es mit Ihnen und ihr langgehen soll, dann werden Sie sie in Kürze nicht mehr wieder sehen. Ich muss Sie beide, weil Sie den Herrn Dr. Amadeus Gundermann identifizieren können, an einem sicheren Ort unterbringen. Bei Ihrer Mutter in Sipplingen wären Sie selbst bestimmt sicher. So – und nun sagen Sie mir Ihre Entscheidung!«

»Welche Entscheidung?«, stottert Eberle. »Mein Gott noch mal, welche Entscheidung wohl?!«, fährt Bernd nun dazwischen, »Ihre Mutter in Sipplingen anzurufen und ihr mitzuteilen, dass Sie zu Zweit zu ihr kommen! Sonst hat der Chef noch die Variante auf Lager, dass er Ihre Ute bei sich und seiner Hilde unterbringt. Und Sie wissen ja: Der Charme der Macht. Da ist schon manche junge Frau schwach geworden. Und Egon Schneider hat doch ganz schön Charme – oder?«

Schneider amüsiert sich, während Eberle stottert: »Sie würden die Ute gleich aufnehmen, Herr Kriminalrat?! Wenn ich das meiner Mutter sagen darf …« – »Sie dürfen«, gibt sich Schneider gnädig und zwinkert Bernd zu, »und falls Ihre Mutter sich sträuben sollte, spreche ich gern mit ihr noch einmal über das gewisse Geständnis und Testament*. Bisher haben wir das nicht öffentlich gemacht. Das dürfen Sie ihr auch sagen. Dann geht das wohl klar. Nur wenn Ihre Mutter gar nicht will, müssen Sie wissen, dass Ihre Ute bei uns gut aufgehoben ist. Allerdings ist meine Hilde bezüglich Männerbesuchen sehr streng. – Und dann: Ihre Ute muss wohl auch noch zustimmen. – Haben Sie die überhaupt schon gefragt, ob …«

»Nee«, stottert Eberle, »das habe ich noch nicht, aber wenn Sie meinen …!?«

*) Dies bezieht sich auf das im Abschiedsbrief von Kurt Schumann-Schniggemeier enthaltene Testament, aus dem hervorgeht, dass dieser Eberles von der Mutter zeitlebens verschwiegener nichtehelicher Vater ist. Siehe ›Lokalredaktion‹ ISBN 978-3-938340-52-3.

»Ich meine«, grinst Schneider, »Breunecke, holen Sie doch das Fräulein Ute herein, damit er fragen kann. Und wir zwei gehen mal kurz raus, damit der Herr Eberle später nicht behauptet, wir hätten ihn gezwungen!«

Die Frage dauert doch etwas länger, als Schneider und Breunecke geschätzt hatten. Und so stören sie das Paar bei einer heftigen Umarmung.

»Glückwunsch« sagt Schneider, »und jetzt telefonieren Sie draußen bei Frau Schwan mit Ihrer Mutter, Herr Eberle, während wir noch kurz Ihre Ute befragen.« Dann setzt er zwinkernd hinzu: »Und noch eine kleine Warnung: Auf dem Polizeirevier abgegebene Geständnisse gelten auch vor Gericht. Ein Widerruf macht unglaubwürdig.«

Die Köchin Ute hat von den Machenschaften des Dr. Amadeus nur am Rande etwas geahnt und viel zu spät gemerkt, dass er falsch spielte und alle ausnutzte. Deshalb hat sie sich auch vorsichtig von ihm getrennt und Edwin vor allem bewahren wollen, weil der so lieb und so ahnungslos war. »Ich konnte ihn da doch nicht reinsausen lassen. Ich hatte gehört, dass er praktisch auf Bewährung da war. Und er hat seine Sache ja auch gut gemacht. Obwohl: dass er den Managern die Frauen bestellt hat, gefiel mir nicht. Auch wenn das wohl zu seinem Job gehörte, wie ich weiß. Ich bin so froh, dass er es ernst meint mit mir!«

»Wie kommen Herr Eberle und Fräulein Ute nun nach Sipplingen«, fragt Judith, die mit zwei Zetteln in der Hand winkt, »die Weissenau bittet übrigens um Rückruf und das Krankenhaus auch.«

»Den Herrn Eberle und Frau Ute fahre ich selbst nach Sipplingen«, entscheidet Schneider, »dann kann ich mit der Mutter noch ein paar Takte reden. Eberles Wagen soll Breunecke gegen Mittag hinfahren. Und Sie, Judith, können Ihren Bernd abholen. Dann essen Sie mit ihm mal oben im Lokal ›Sonne‹ was Leichtes und gucken auf den See runter. Rufen Sie dort am besten gleich an und lassen Sie sich einen Tisch auf der Terrasse reservieren. – Und bei der Weissenau und im Krankenhaus rufen Sie an, Breunecke. Ich komme von Sipplingen aus zum Krankenhaus. Legen Sie den Termin mit den drei Tauchern und dem Kollegen Rumpelstilz, oder wie der mit Klarnamen heißt, auf elf Uhr. Falls das nicht klappen sollte, rufen Sie mich auf dem Handy an. Zur Weissenau fahren wir heute Nachmittag, falls das möglich ist.«

»Und wer bearbeitet die Ergebnisse der Spurensicherung aus Lippertsreute, und wer ruft die Kantonspolizei in Frauenfeld und die Seepolizei in Kreuzlingen an, Chef?, fragt Judith, »das steht doch auch wohl noch an.«

»Die Anrufe vertraue ich Ihnen an, Judith«, grinst Schneider, »Sie wissen ja Bescheid, um was es geht. Und die Daten aus Lippertsreute guckt Breunecke durch. Wenn's da was Neues gibt, kann er es im Krankenhaus berichten, ehe wir die drei Taucher durch die Mühle drehen.«

Mittwoch, 2. September 2009, Vormittag Telefonate

»Da habe ich mal wieder den besten Part erwischt«, mault Bernd, als Schneider gegangen ist. »Hab Dich nicht so«, ermahnt ihn Judith, »als Kriminalsekretärin nehmen mich die Jungs in der Schweiz bei meinem Anruf doch gar nicht ernst. Das ist viel schwieriger!« – »Wenn das Krankenhaus und die Weissenau nicht ausdrücklich einen Rückruf verlangt hätten, würde ich das gern übernehmen, Judith«, lenkt Bernd ein. »Schau bitte für mich den Bericht von Lippertsreute durch, dann übernehme ich die Schweiz. Die beiden Anrufe hier sind gleich erledigt.«

Vom behandelnden Psychiater in der Weissenau erfährt Bernd, dass der Patient Koner wieder einen Zusammenbruch hatte und danach wegen Siuzidgefahr so sediert werden musste, dass an eine Befragung vorläufig nicht zu denken sei. Es sei Geduld nötig. Und dann möchte der Arzt Einzelheiten wissen, die Bernd nicht kennt, um … Bernd beendet das sinnlose Gespräch deshalb mit ein paar kurzen Floskeln.

Im Krankenhaus erfährt er, dass der Kollege Eder nun befragt werden kann – »Aha«, denkt Bernd, »Rumpelstilz heißt eigentlich Meister Eder!« – und dass von den drei Tauchern nur zwei befragt werden können. Der mit dem Lungendurchschuss darf noch nicht sprechen. Und man hat ihn von den beiden anderen getrennt, weil zwischen denen und ihm irgendeine feindselige Spannung in der Luft liege. »Na, dann wird der wohl auf die zwei geschossen haben«, denkt Bernd, »ehe ihn überraschenderweise der vierte Taucher niedergestreckt hat und abgehauen ist. Ist wohl doch nur Platz für einen im U-Boot gewesen. Wir werden es hören!« Also macht er den Termin für elf Uhr aus und wendet sich den Anrufen in der Schweiz zu.

Die Kollegen bei der Kantonspolizei in Frauenfeld sind sehr freundlich, als er das Problem mit der Segelschule in Arbon schildert und auch die Sache mit dem Bootshaus an der Mündung der Thurgauer Aach und der Gesellschaft für Limnologie anschneidet.

Beim letzteren wird man allerdings etwas zögerlich. Hier bestehe eine Sondereinrichtung. Da könne man keine Auskunft erteilen. Da sei eher die Seepolizei zuständig, obwohl auch die in Sachen ›Deutsch-Schweizerische Gesellschaft für Limnologie‹ nicht so ganz zuständig sei. Da sei eher die Bundesregierung in Bern mit dem Bereich Landwirtschaft gefragt.

Bei der Seepolizei in Kreuzlingen ist man sehr aufgeschlossen und hört aufmerksam zu, als Bernd die Sache mit dem Fenderaustausch auf See erzählt und auf das per Magnet an Schiffe anzuhängende Untersee-Schmuggelgerät hinweist, von dem man einen Prototyp oder sogar den ersten Bau der Nachfolgeserie entdeckt habe. Man möchte Fotografien davon und will entsprechende Kontrollen durchführen, obwohl es eigentlich Sache der Deutschen sei, den Abfluss von Devisen aus Deutschland zu verhindern. Und es sei sehr mühsam, alle Fähren, die zwischen deutschen und Schweizer Häfen regelmäßig verkehren würden, an der Anlegestelle unter Wasser zu kontrollieren. Denn wenn der Gedanke stimme, würden die neuartigen Schmuggelgeräte doch wohl an regelmäßig verkehrende Schiffe gehängt. Man werde aber die Augen offen halten, weil so auch Rauschgift geschmuggelt werden könne.

In Sachen Beteiligung Dr. Amadeus Gundermann an der Segelschule in Arbon gibt man sich etwas zugeknöpft. Für wirtschaftliche Fragen sei man nicht zuständig. In Sachen ›Deutsch-Schweizerische Gesellschaft für Limnologie‹ und Bootshaus an der Thurgauer Aach-Mündung gibt man sich noch zugeknöpfter. Da habe man keinen Einfluss. Das sei Bundessache. Und dann fragt man sehr misstrauisch, ob der Kollege Breunecke etwa anrufe, weil er schon wisse, dass bei Horn ein toter Taucher angetrieben worden sei, der einer Tauchschule aus Überlingen angehöre. Das stehe jedenfalls auf der Pressluftflasche des Toten. Und bei dem stecke eine Harpune im Herzen.

»Die Sache ist mir neu, Kollege«, hakt Bernd hier ein, »aber ich werde gleich zwei oder drei verletzte Taucher im Krankenhaus Überlingen verhören, die wahrscheinlich zur selben Tauchschule gehören. Wenn Sie mir ein Bild des Toten übermitteln, können diese ihn eventuell identifizieren.«

Als Bernd die weiteren Umstände erklärt, gibt man sich wieder aufgeschlossener, und Bernd hat die Aufnahme schon wenig später zum Ausdrucken in seinem Computer. Nur als Bernd abschließend erklärt, der bei Horn tot aufgefundene Taucher könne nur mit dem in Nussdorf entwichenen U-Boot auf die Schweizer Seeseite gekommen sein, heißt es, dass man von einem U-Boot im Thurgau nichts wisse. U-Boote seien nach Staatsvertrag der Anrainer im Bodensee nicht zugelassen. Es bedürfe zu einem solchen Einsatz jeweils der Sondergenehmigung. Eine Dauergenehmigung sei nicht bekannt. Bernd bedankt sich und verspricht, sofort anzurufen, falls die verletzten Taucher den Toten identifizieren sollten. Dann ruft er Schneider an. »Was gibt's«, fragt dieser, »klappt der Termin im Krankenhaus nicht?« – »Nein, Chef«, sagt Bernd, »es geht um etwas Anderes.« Dann erzählt er und meint zum Schluss: »Wenn ich es richtig sehe, werden die zwei Taucher nichts mehr sagen, wenn wir ihnen das Bild zuerst zeigen.« »Kann aber auch sein, dass sie etwas sagen, weil sie den Kameraden erkennen, der sie erledigen wollte«, schätzt Schneider es anders ein, »und dann kann den immer noch der Vettl identifizieren, denn dem haben die Taucher ja sein Pülverchen mitgebracht. Und die sind wohl kaum in voller Montur in sein Büro spaziert. – Was macht eigentlich der Bericht von Lippertsreute?«

»Bringe ich mit, Chef«, holt Bernd aus, »aber im Prinzip sieht es so aus, dass der Inhalt der Gärtürme wohl bei dem Skelett Spuren hinterlassen hat, doch umgekehrt der Leichnam nicht im Gärturm, falls er dort in Lippertsreute in einem Gärturm gewesen sein sollte. Demnach nicht nachweisbar! Der Experte schätzt nach einem Profil-Schnitt der Knochen, dass der Leichnam zwei Jahre lang in einem Gärturm gelegen hat und dann die Reste bei einer fälligen Revision an die Skelettfundstelle verbracht worden sind. – Nur wird man dem Konerfritz das kaum nachweisen können, obwohl die paar vorhandenen Indizien auf ihn deuten. Aber im Augenblick ist der sowieso mal wieder völlig abgedreht. Und die Ergebnisse aus der Schweiz bezüglich Identifizierung des Skelettes bekommen wir erst am Freitag.«

Mittwoch, 2. September 2009, elf Uhr Befragungen

Schneider wartet schon auf dem Parkplatz beim Krankenhaus, als Bernd mit Eberles Kombi eintrifft. »Fünf nach elf, Breunecke! Na, wieder mal an der Schranke unterm Auerbuckel gewartet?«, flachst er. Und Bernd, nicht faul, gibt ihm zurück: »Chef, heute hatte ich an der Schranke freie Fahrt. Aber am Burgberg-Kreisel hatte sich ein Laster verirrt und wollte wenden, beim nächsten Kreisel dasselbe Spiel. In der Friedhofstraße wurden große Holzteile abgeladen. Ich wollte eigentlich schon umkehren. Aber dann habe ich an meinen Chef gedacht und bin noch extra langsam gefahren, damit er seinen Spruch über den Auerbuckel und die Überlinger Verkehrsverhältnisse loswerden konnte.«
»Was für ein langer Anlauf für ein so kleines Ergebnis«, spottet Schneider, »können Sie nicht noch einen Roman draus machen?«
Kollege Eder ist bei der Befragung wieder recht munter. So kann er einige Punkte bestätigen, welche bereits bekannt sind. Dann aber wird es interessant: »Ich habe etwa eine Million Euro in gekennzeichneten Scheinen als ›Spielgeld‹ für die Transfer-Aktion mitgebracht und bereits während einer abendlichen Kurzberatung am Dienstag bei Dr. Gundermann im Beratungsbüro hinterlegt. Gregor Vettl schickte einen nach dem andern von uns auf telefonischen Abruf aus dem Kursraum mit ›unseren Papieren‹ zur Anlageberatung hinunter. Eine Bestätigung sollte jeder erst nach Eintreffen des Geldes auf dem Konto in der Schweiz von Dr. Gundermann erhalten. Das Disagio bei der Transaktion betrug nur zwei Prozent, lag also weit unter einem Verlust bei Angabe und Versteuerung einer solchen Summe. Der Fortgeschrittenenkurs hatte zur gleichen Zeit im Bootshaus eine Einweisung für den Tauchgang am nächsten Morgen. Nur einer aus dieser Gruppe bestätigte mir im Büro von

Dr. Gundermann in dessen Gegenwart, ›dass seine Anlage korrekt abgewickelt worden sei‹. Es war Funke, der wohl den Zeugen für Solidität mimen sollte. Beim Hinausgehen gelang es ihm, mir unbemerkt einen kleinen roten Zettel ohne irgendeine Aufschrift zuzuschieben. Funke gehörte also zu uns, und es bestand Gefahr, sonst wäre ein andersfarbiger Zettel fällig gewesen. Als er am Mittwochmorgen zunächst als ›Dozent des Nachmittags‹ angekündigt wurde, dann aber vom Tauchgang nicht zurückkehrte, war mir das auch endgültig klar. Komischerweise war nach dem Vortrag Dr. Gundermanns vom Mittwochnachmittag an praktisch immer einer von den Tauchlehrern oder der Segelcrew in meiner Nähe. Diese hatten auch das abendliche Animationsprogramm abzuwickeln. Als ich durch die Küchenfee erfuhr, dass am Montag die Polizei im Hause gewesen war, habe ich die erste Gelegenheit gesucht, um mich abzusetzen. Und den Rest kennen Sie. – Wie herausgekommen ist, dass ich eingeschleust war, ist mir ein Rätsel.«

»Mir nicht«, meint Schneider trocken, »wir haben schon mehr Erfahrung mit Ihrer Dienststelle. Und der Kollege Funke hat am Dienstag wohl – zu spät – wichtige Daten gelöscht, anhand derer man Sie identifizieren konnte. – Aber davon heute nichts mehr, denn jetzt gehen Breunecke und ich drei der Taucher besuchen, mit denen Sie das Vergnügen hatten, Kollege Eder. Vielleicht verplappert sich einer und verrät den Schützen!«

Die beiden vernehmungsfähigen Taucher werden einzeln vernommen. Sie wollen nicht mit der Sprache herausrücken, wie das mit dem Herrn Funke abgelaufen ist. Auf Eder will auch keiner von ihnen geschossen haben. Nur Heinz, der ›Schulterschuss‹, lässt heraus, dass Peter, der ›Lungendurchschuss‹, im Gang der Villa zum Bootshaus auf sie beide geschossen hat. »Der war mit dem Willi, der mit dem U-Boot und Dr. Gundermann abgehauen ist, ein Paar«, erklärt er. »Und die Zwei kamen auch von der Suche nach dem Funke zurück und brachten seine Ortungskapsel mit. ›Mehr konnten wir leider nicht finden!‹ hat der Peter zu Dr. Gundermann gesagt, und der Willi hat dazu gegrinst. Mir kam das nicht koscher vor.« Auf dem Bild der Seepolizei von der Wasserleiche aus Horn erkennen beide den vierten Taucher, nämlich den Willi. Schneider übergibt sie zur weiteren Vernehmung den Kollegen von der Rauschgiftfahndung. »Jetzt könnten Sie eigentlich das Auto zum Eberle bringen und seiner hübschen Köchin noch einmal zuwinken, Breunecke, bis Ihre Judith Sie wieder auf den rechten Weg weist«, will Schneider witzig sein. Aber Bernd ist nicht nach solchen Witzen zumute. Er fragt: »Wie hat es denn die nichteheliche Witwe Schuschnigg, aufgenommen, dass ihr Sohn auf einmal beweibt erschien?« – »Es bedurfte einiger deutlicher Hinweise meinerseits«, kommt es da nachdenklich von Schneider, »die alte Frau Eberle kann das Fräulein Ute nicht leiden. Wenn er sich nicht deutlich durchsetzt und falls das Fräulein Ute darum bittet, nehmen Judith und Sie das Fräulein Ute mit. Das Essen für die Ute in der ›Sonne‹ gebe ich aus. Dafür wird sie dann einige Zeit meine Frau entlasten, bis sich was findet. Nur – und das habe ich dem Eberle ganz deutlich gesagt – Männerbesuch ist in der Zeit abgesagt.«

»Wird gemacht, Chef«, meint Bernd, »aber bevor wir hier verschwinden, sollten wir doch noch den ›Lungendurchschuss‹ Peter besuchen. Er darf zwar nicht reden, aber wir können ihm das Bild aus der Schweiz zeigen und auf seine Reaktion warten.«

»Ganz schön perfide, Breunecke«, überlegt Schneider, »aber da der Typ den beiden anderen wohl die Harpunenpfeile schickte, gönnen wir ihm doch den Anblick seines Geliebten und Beinahe-Mörders.« Und es geschieht, wie es vorauszusehen war. Der ›Lungendurchschuss‹ wird puterrot vor Wut, als er das Bild zu sehen bekommt und nickt dann befriedigt und zugleich mit Tränen in den Augen, nachdem ihm klar wird, dass sein Beziehungspartner tot ist.

»Auch ein Ergebnis, Chef«, resümiert Bernd, als er sich am Parkplatz verabschiedet, »mal sehen, wie gut die Eberle-Aktien jetzt bei Fräulein Ute stehen. Eventuell war Ihre Kuppelaktion von heute Morgen doch etwas voreilig. – Vielleicht sollten Sie nach der Pensionierung mal einen Kurs für Mediatoren besuchen.« –

»Selber jetzt schon Tor genug«, raunzt Schneider selbstironisch, »muss nicht noch Media-Tor werden.«

Und Bernd muss im Auto noch so lachen, dass er aus Versehen beim Zurücksetzen aus der Parklücke den Vorwärtsgang einlegt und nur im letzten Moment auf die Bremse latschen kann, ehe die Fahrzeugschnauze die Begrenzungsplanke touchiert.

Mittwoch, 2. September 2009, Mittag
Schwiegermutterinstinkt

Kaum ist Bernd in Sipplingen vor dem Haus in der Gartenstraße ausgestiegen, in welchem Frau Eberle ihre Wohnung hat, hört er aus dem Fenster im ersten Stock einen lauten Streit. Nach dem Drücken der Klingel wird es still, und das Fenster wird von Eberle hastig geschlossen. An der Wohnungstür begrüßt Eberle Bernd freundlich: »Danke, dass Sie mir mein Auto bringen!« Dann streckt er die Hand aus, um Papiere und Schlüssel entgegenzunehmen. Frau Eberle steht währenddessen mit finsterer Miene hinter ihrem Sohn in der Tür. Noch weiter dahinter reckt sich die Köchin Ute in die Höhe. Sie sieht etwas verweint aus. An den Zeichen, die sie gibt, kann Bernd leicht erkennen, dass sie mitgenommen werden möchte und nur noch ihre Tasche holen will.

Eberle guckt enttäuscht, greift Ute am Arm und bettelt: »Gib mir noch ein paar Minuten, Ute.«

»Überleg es Dir, Edwin, ob es auf Mutterns Schoß nicht für einige Jahre bequemer ist. Sag mir Bescheid, wenn Du es weißt«, antwortet ihm Ute, »Du kannst ja bei Egon Schneider anrufen!«

Bei Frau Eberle, die eben noch triumphierend grinste, klappt der Unterkiefer sichtbar herunter. »Schlampe«, zischt sie wütend und verschwindet mit puterrotem Gesicht, »freches Schlappmaul!«

»Na, das war aber ein kurzer Aufenthalt«, meint Bernd, als sie ein paar Schritte vom Haus fort sind und Eberle, der ihnen mit Tränen in den Augen aus dem Fenster nachschaut, sie nicht mehr hören kann.

»Ich hab schon Manches erlebt«, kommt es zornig von Ute, »aber noch nie eine so gehässige Kretze. Fragt mich doch glatt, ob ich ... – Ach, lassen wir's. Am besten spreche ich mit Ihrer Verlobten darüber, Herr Breunecke. Und dann lasse ich mich wirklich von Ihrem Boss beraten. Sie Drei waren so nett zu mir! Und dann diese Frau! Wenn der Edwin sich doch von der lösen könnte!«

Und wenig später werden die Beiden von Judith an der Seestraße aufgesammelt. In der ›Sonne‹ haben Bernd, Judith und Ute einen schönen Tisch auf der Terrasse. Schon bevor die Bestellung losgeht, tuscheln die beiden Frauen miteinander. Nur Bernd genießt den schönen Ausblick auf den See mit den Segelbooten, die darauf wie Spielzeugschiffchen ihre Bahn ziehen. Und Judith schüttelt immer wieder Augen rollend mit dem Kopf. »Da wäre ich auch nicht geblieben«, sagt sie, als Getränke und Essen gebracht werden, »auf keinen Fall. Eine echte Zumutung. Erzählen Sie es Hilde Schneider, aber brühwarm. Die kann darüber lachen und noch was für ihre Wutausbrüche lernen. Aber sonst ist die ganz dufte. Die gibt Ihnen bestimmt einen guten Rat. – Wir bringen Sie nachher direkt hin!«

Als Bernd Judith später im Auto fragt, was sie eigentlich in der ›Sonne‹ gegessen und getrunken hat, schaut sie ihn verblüfft an. Sie kann es nicht sagen. Aber Ute gluckst aus dem Fond des Audi A2: »Das Kretzerfilet war genau richtig. Frische Dillsauce dazu ging natürlich. Mit einer Zitronensauce hätte es aber etwas gewonnen. Die Mandelkroketten waren langweilig, dafür aber der Brokoli mit dem Hauch von Sojasauce und Sesam auf den Punkt gegart. Ein gut gekühlter Roséwein hätte dazu besser gepasst als Apfelschorle. Aber Ihr musstet ja noch fahren. Das Eis mit Brombeersauce war Klasse. Ich verstehe gar nicht, dass Ihr stattdessen Panna Cotta mit Vin Santo gewählt habt.«

»Das liegt daran«, erklärt Bernd, »dass ich mein Brombeer-Eimerchen im Brustkorb eines Skeletts stecken sehe, wenn ich ›Brombeere‹ höre. Und das ist erst am Samstag passiert. – Brombeeren sind vorläufig bei uns gestrichen.«

»Verstehe«, kommt es von Ute. »Aber das gibt sich hoffentlich wieder!«

Egon Schneider hat natürlich vergessen, bei seiner Frau Hilde anzurufen. Aber diese ist gut drauf. »Sie sind Köchin?«, lacht sie, nachdem Bernd die Situation kurz dargelegt hat, »dann wollen wir mal gleich in der Küche loslegen, damit ich was Neues lerne. Habe da Einiges liegen. Breunecke kann Ihre Tasche ins Gästezimmer tragen. Jetzt machen wir uns erst einmal einen guten Espresso. Tschüs, Ihr Zwei. Damit bedeutet sie Bernd und Ute mit einem Wink, dass sie gnädig entlassen sind, und fährt mit ihrem Rollstuhl Richtung Küche. Ute hastet nach einem kurzem ›Danke‹ an Bernd und Judith hinter ihr her. »Da hatte der Chef mal eine gute Idee«, meint Judith, als sie kurz danach im Auto sitzen und Richtung Lippertsreute fahren. »Ob die Ute sich aber für das Weichei Eberle entscheidet …«

Mittwoch, 2. September 2009, Nachmittag Anruf aus Bern

»Ein Fahndungswachtmeister Jakob Studer aus Bern hat zweimal angerufen«, empfängt Egon Schneider die Beiden, als sie wieder in der Dienststelle eintreffen. »Sie hätten mich vorwarnen können, Breunecke. Beim ersten Mal habe ich gleich aufgelegt, weil ich dachte, es wolle mich jemand veräppeln. Das käme öfter vor, hat Jakob Studer beim zweiten Anruf gesagt und sich sehr amüsiert.« – »Was er durchgegeben hat, interessiert mich eigentlich mehr, Chef, als der Witz, den Kollege Köbi Studer sich da immer leistet«, grinst Bernd, »und Sie hätten uns erzählen können, dass Sie Ihrer Hilde nichts von der Nebenbuhlerin gesagt haben, die wir bei ihr abliefern mussten. – Ist aber gut gegangen! – Und was sagt Kollege Köbi?« – »Treffer«, hat er gesagt, »Zahnschema, Größe etc. stimmen mit den eingeholten Merkmalen des abgängigen Ueli Bündeli überein. Die DNA wird noch mit Haarproben und Zellmaterial verglichen, welche die Mutter stellen konnte. Bündelis Zimmer in ihrem Haus ist nach seinem Weggang nämlich einfach zugesperrt worden. Das Ergebnis kommt am Freitag, dürfte für uns aber gar nicht mehr nötig sein. Jedenfalls können wir den Ueli sehr bald nach Spiez zur Bestattung abgeben.«

»Nun steht wohl fest, dass der Konerfritz Bündelis Mörder ist«, wirft Judith ein. »Sachte, sachte«, hebt Bernd die Hand, »muss nicht unbedingt sein. – Wie sieht es aus, wenn man ihm die Leiche untergeschoben und ihn jahrelang damit erpresst hat, Arbeiten für die Tauchschule zu verrichten? Vor drei Jahren hat sich schließlich die Managervilla in Nussdorf angesiedelt, und schon vorher waren diese merkwürdigen Unfälle mit – und Schweißarbeiten an den Katamaranen! Wie ist es, wenn der Konerfritz das Skelett bei der Gärturmrevision vor einem Jahr entdeckt hat und es danach im Himbeerschlag nach dem ersten Schnee abgelegt hat, um es im Frühjahr zu vergraben?« – »Gute Idee, Breunecke«, brummt Schneider, »aber das Vergraben hätte er in dem Fall bestimmt nicht vergessen. Wir werden ihn vernehmen, sobald er ansprechbar ist. – Wichtig ist erst einmal, dass der Tote vom Himbeerschlag als der verschwundene Liebhaber der Ellen Koner identifiziert ist. Und mich interessiert, wieso gerade zu der Zeit, als der Bündeli in Spiez verschwindet, ein Dr. Gundermann sich in Arbon an einer Segelschule beteiligt und in Nussdorf eine Managerschule aufmacht, in der auch gesegelt und getaucht wird. – Breunecke, Sie müssen noch mal ran und herausfinden, was der Bündeli für einen Beruf hatte und so weiter. Wenn der auch mit Geld zu tun hatte, wird es nämlich interessant.«

»Und was ist mit dem Mord an der Ellen Koner?«, meint Judith, »der Konerfritz kann es wohl nach allen Aussagen nicht gewesen sein.«

»Da müssen wir die Nachbarn noch einmal ausquetschen, Judith«, knurrt Schneider, »vielleicht sollte der Konerfritz umkommen, und der Mord an Ellen war ein zufälliges Nebenprodukt. Schließlich haben Sie herausbekommen, dass das Auto, mit dem der Konerfritz zum Einkauf gefahren ist, der Frau gehört. – Und wer fährt gewöhnlich zum Wochenendeinkauf? Doch wohl kaum der Mann, solange die Frau gesund ist und beim Einkauf Freundinnen zum Quatschen treffen kann.«

»Gut, Chef«, meint Bernd, »dann fragen wir doch den Nachbarn, der mit dem Konerfritz gefahren ist, wie es eigentlich ausgemacht war, und reden mit den Nachbarn, fragen gezielt nach Fahrzeugen, die vor der Explosion auf dem Konerhof gesehen worden sind. Danach spreche ich noch einmal mit dem Fahndungswachtmeister Köbi Studer in Bern über den toten Bündeli.«

Eine Stunde später sind Egon Schneider und Bernd Breunecke etwas schlauer. Der Nachbar erklärt: »Normalerweise wäre die Ellen mit meiner Frau Gerti einkaufen gefahren.

Aber der Fritz musste noch ein paar Säcke Kraftfutter für die Kühe von der Raiffeisengenossenschaft in Owingen abholen. Deshalb ist er gefahren. Und mit dem Langweiler Fritz mochte die Gerti nicht. Deshalb war ich dabei.«

Ein fremdes Auto habe er nicht auf dem Hof gesehen. Nur bei den Koners sei ein Geländemotorrad gestanden wie schon öfter. Er habe gedacht, die Ellen … Aber man solle heutzutage in solchen Sachen diskret sein. Man sei in dem Alter schließlich auch kein Heiliger gewesen.

Die Nachbarin Gerti druckst herum wie das personifizierte schlechte Gewissen, als sie gezielt gefragt wird. Aber schließlich gibt sie zu, dass sie mit dem Lenni zusammen war. »Früher kam immer ein anderer. Der Lenni hatte seit zwei Jahren ab und zu beim Fritz drüben zu tun«, gibt sie an, »hat da Teile bestellt oder mit dem Geländewagen abgeholt. Manchmal auch größere Sachen mit dem Hänger. Als der Fritz mal nicht da war, sind wir ins Gespräch gekommen und …« – »Den Rest will ich nicht wissen«, unterbricht sie Schneider, »also kam er danach mit dem Motorrad, wenn er nur Ihnen privat einen Besuch abstattete. Ist das richtig? Und er war auch am Samstag letzte Woche da?« – »Ja«, haucht Gerti, schlägt die Hände vors Gesicht und beginnt zu flennen, »wenn mein Mann das erfährt, bringt er mich um.« »Hm«, mischt sich Bernd nun ein, »dann würde mich nur mal interessieren, wo Sie mit dem Lenni … – Sie wissen schon – denn hier in Ihrem Hause wird das ja wohl nicht gewesen sein.« Erschrocken ringt die Nachbarin die Hände, sackt ganz in sich zusammen und beginnt zu reden: »Ja, der Lenni war da. Hat beim Fritz auf dem Hof irgendetwas gesucht. Ging ein paar Mal zwischen dem komischen Gasometer und dem Haus hin und her. Hat auch die Werkstatt aufgemacht und reingeguckt. Als er nicht zu mir kam, bin ich zu ihm runter in den Hof. Und dann sind wir in Koners Kälberstall wie immer. Hinten ist eine leere Box, die man nicht so schnell sieht. Und die Ellen hatte in der Küche zu schaffen.«

– »Aha«, hakt Schneider ein, »aber diesmal hat die Ellen wohl in die leere Box geguckt und Sie erwischt.« Gerti nickt und heult wie ein Schlosshund: »Und die Ellen hat meine gute Brille genommen, die da auf der Mauer lag, die auf den Boden geschmissen und drauf rumgetrampelt. Dann hat sie geschrieen ›Endlich erwische ich Dich, Du scheinheilige Schlampe, ich erzähle alles Deinem Süßen‹!« –

»Und dann haben Sie die Mistgabel genommen«, nickt Bernd verstehend, »aber nun nehmen wir Sie mit; und vor Ihrem Mann brauchen Sie lange Zeit keine Angst mehr zu haben.«

»Tja, dann rate ich mal den Rest, und Sie nicken oder schütteln den Kopf«, fährt Schneider fort, »der Lenni hat Sie danach beruhigt und versprochen, dass man nichts erfährt. Er würde das schon regeln. Sie müssten nur den Mund halten. Er hat Sie nach Hause geschickt, und dann flog eine halbe Stunde später die Anlage auf dem Hof in die Luft, und der Stall brannte.«

Die Nachbarin nickt stumm zu allem, steht dann auf und winkt Schneider, ihr zu folgen. In ihrer Hofecke zeigt sie auf eine Mistgabel. »Die habe ich mitgenommen und geputzt und geputzt. Das Blut«, schluchzt sie, »ich konnte nicht anders. Die Ellen lag so still da, und die Gabel steckte in ihr. Das konnte ich doch nicht so lassen.«

Bernd und Schneider müssen die Weinende stützen, als sie zum Wagen gehen. Die völlig blank geputzte Mistgabel nehmen sie für die KTU mit.

»Der Mord an der Ellen Koner wäre also geklärt, Chef«, meint Bernd, als sie die Nachbarin in einer Zelle abgeliefert haben und zum Büro gehen.

»Wohl eher Totschlag im Affekt«, brummt Schneider, »und bilden Sie sich nichts drauf ein, Breunecke, dass Sie schon zu Beginn eine Frau als Mörderin auserkoren hatten. Sie hatten schließlich nur eine mögliche Nebenbuhlerin ins Spiel gebracht. Und das trifft wohl nicht zu.«

»Okay, Chef«, zieht Bernd die Stirn kraus, »ist ja auch nicht so wichtig. – Hauptsache: Wir haben die Verbindung zwischen Konerfritz und dem ominösen Lenni festgestellt. Und die KTU wird sich freuen, dass sie die Brille aus dem Kälberstall jetzt einer anderen Person zuordnen darf und an der Mistgabel nach Spuren forschen kann.«

»Es ist, wie es ist, Breunecke«, kommentiert Schneider, »und wenn die Nachbarin Langeweile hat und der Nachbar nicht aushilft, muss der große Fremde mit dem schwarzen Schuh ran und ihr im Kälberstall den Hengst machen.«

Mittwoch, 2. September 2009, später Nachmittag
Funde und ein Anruf

»Ein verbranntes Geländemotorrad ist gefunden worden, und in der Werft ein komisches Rennboot«, empfängt Judith sie im Büro, »Ihr solltet Euch die Fundstelle und die Sachen ansehen, meinen die Kollegen. Außerdem habe ich mit dem Jakob Studer in Bern telefoniert. Habe gedacht, dass es sonst heute zu spät dafür wird. Der Studer ist ja ein ulkiger Typ! Wollte mich erst ein bisschen veräppeln, schien mir. Will sich aber sofort um den Beruf und die zuletzt ausgeübte Tätigkeit des Ueli Bündeli kümmern. Nach seinen Unterlagen habe der Bündeli in Zürich an der Börse gehandelt. Aber er wolle sich genauer erkundigen.«

»Danke, Judith«, meint Bernd, »und wo können wir uns das Motorrad ansehen?« – »Das Motorrad ist schon bei der KTU«, antwortet Judith, »aber das Rennboot liegt noch an Ort und Stelle in der Werft. Den Fundort des Motorrades bei Bermatingen habe ich Euch auf der Karte eingezeichnet. Bilder vom Motorrad, dem Rennboot und den Fundorten könnt Ihr auf dem Computer anschauen.«

Als sie die Bilder betrachtet haben, schüttelt Bernd den Kopf: »Chef, das Motorrad und den Fundort können wir getrost vergessen. Die Maschine ist wohl zusammen mit der Kleidung verbrannt worden, die der Lennert Rincke anhatte, wenn ich den Haufen neben der Maschine richtig deute. Also muss er andere Kleidung zum Umziehen dabei gehabt haben. Die Nähe von Bermatingen spricht dafür, dass er sich mit dem Zug verdünnisiert hat. Vermutlich heute früh zwischen den Leuten, die nach Friedrichshafen zur Arbeit fuhren. Er ist vermutlich auf dem Wege in die Schweiz oder schon dort. Ob mit der Fähre oder der Bahn, ist unklar. Er weiß natürlich nicht, was ihm in der Schweiz bei seinem Kompagnon Dr. Gundermann blüht, weiß sicher nichts von dem toten Taucher bei Arbon. Die Fahndung nach Lenni läuft. Mehr können wir nicht tun.« Dann erklärt er Judith und Schneider das Rennboot: »So etwas habe ich noch nie gesehen. Easy Rider auf dem Wasser! Konstruktion vom Konerfritz vermutlich. Zwei Rohre als geschlossene Gleitkufen. Außenbordmotor hinten in der Mitte. Dann ein Rohr mit Hochleistungsbatterien und Antrieb unter Wasser. Das gibt eine sehr stabile Lage. Und flach darüber der Dreier-Motorradsitz hinter dem Lenker. Das Ding muss mit dem Außenbordmotor pfeilschnell sein und mit dem Elektroantrieb bei Gelegenheit lautlos. Damit ist wohl der Harpunenschütze am Montagabend beim Mantelhafen abgeholt worden.«

»Also hatte der Lenni Rincke auch da die Finger im Spiel«, meint Schneider nachdenklich, »wir sollten ihn sprechen, bevor Dr. Gundermann ihn erwischt. – Judith, rufen Sie doch bitte bei den Kollegen in Bregenz und St. Margarethen an, dass die in den Zügen ganz gezielt suchen.« »Lass es, Judith«, schüttelt Bernd nur den Kopf. »Wenn wir das heute früh hätten anleiern können, wäre es sinnvoll gewesen. Aber jetzt, am Abend, ist der Rincke, ob per Fähre oder Bahn, wohl längst an seinem Ziel. Wir müssen ihn international zur Fahndung ausschreiben und im Fernsehen hier und in der

Schweiz dafür sorgen, dass eine Meldung mit Bild herausgeht, welches ihn und Dr. Gundermann zeigt und die Verbindung zwischen ihnen benennt. Das ist die einzige Chance!« – »Schaffen wir so schnell nicht, Breunecke«, kommt es müde von Schneider, »bis wir die Kollegen in Österreich und in der Schweiz soweit haben, ist der Rincke schon in Sicherheit oder tot. Ob er überlebt, hängt wohl mehr davon ab, wie sehr ihn sein Boss noch braucht oder er diesem als gelernter Gauner misstraut. – Also nur internationale Fahndung. Und die bearbeiten wir erst morgen, wenn wir das Geständnis seiner Geliebten aus Lippertsreute vorliegen haben. Der dortige Brandanschlag geht auf ihn. Alles andere können wir nicht untermauern.«

Mittwoch, 2. September 2009, Abend
Versicherungsvertreter

»Werner Weneter von der Brand- und Schadenversicherung«, stellt sich der Herr an der Gegensprechanlage vor. »Ihr Vermieter schickt mich. Es geht um den Vorfall im Februar.*«

»Ich denke, die Sache ist längst abgeschlossen, und Tübingen hat den Schaden an der Haustür und im Treppenhaus übernommen«, regt sich Bernd auf, als der Vertreter schließlich die drei Treppen hoch gekeucht ist und in der Tür steht, »was wollen Sie da noch regeln oder besprechen?« »Schön, wenn es so wäre«, gibt Weneter kurzatmig zurück, als er im Atelier am Tisch sitzt. »Tübingen hat Ausflüchte. Ersetzt nur Teil. Macht Abnutzung geltend. Uner-

*) Am Fasnetdienschtig 2009 war beim Betreten des Hauses eine Maschinenpistolen-Salve auf Bernd Breunecke abgefeuert worden. Haustür und Treppenhaus wurden dabei beschädigt. Da Bernd im Dienst war, schienen Sachlage und Zahlungspflicht klar. Siehe ›Hänselejuck‹ ISBN 978-3-938340-51-6.

freulich, total unerfreulich. Eigentümer hocken auf Kosten. Wir tragen Rest. Jetzt Erhöhung der Police. Sie als Verursacher sind gefragt.«

»Mir ganz neu«, gibt Bernd zurück, »und wie stellt sich mein Vermieter das vor? Hab ich etwa auf mich geschossen? Ist doch wohl absurd!«

Nach vielen Einwänden und Ausreden kommt schließlich etwas Anderes heraus, als Weneter herauslässt: »Arbeiten Sie nicht auch an dem Fall in Lippertsreute. Der Sache mit einem Fritz Koner? Der hat doch die bei uns versicherte Bio-Stromanlage manipuliert, wie man so hört. Und da hat uns der Anwalt eine saftige Forderung geschickt. Behauptet, der Fritz Koner habe den Brandanschlag nicht verübt. Und seine Frau habe er auch nicht umgebracht. – Die Bank ist natürlich auch interessiert, hatte die Zwangsversteigerung schon ins Auge gefasst, will die Hypotheken …«

»So, so!«, geht Bernd hoch, »Sie wollen mich nur über den Stand der Dinge aushorchen. Da sind Sie an der falschen Adresse. – Und nun empfehle ich Ihnen einen ganz schnellen Abgang!«

»Die Versicherungen werden auch immer frecher«, schüttelt Judith den Kopf, als Weneter mit hochrotem Kopf aus der Tür stürmt und noch ein: »Wir werden sehen!« im Raum stehen lässt.

»Ja, wir werden sehen, dass wir solchen Typen das Handwerk legen«, knurrt Bernd, während er schon die Nummer von Egon Schneider eintippt, um ihm von dem Besuch zu berichten. Das Abendessen wird ihm erst schmecken, wenn er seinen Ärger am Telefon losgeworden ist.

Judith hat Räucherlachs und Bauernbaguette vorbereitet, dazu eingelegten Kürbis und Senfgurken angerichtet sowie Schälchen mit Honig-Senf und Sahnemeerettich. »Ich hole noch schnell einen Chardonnay Sicilia aus dem Keller«, meint Bernd, »beim Treppensteigen kann ich mich endgültig abreagieren und nachschauen, ob der Typ von der Versicherung wirklich verschwunden ist oder ein paar Eigentümer belätschert.«

Nach dem Abendessen ruft Egon Schneider an. »Gut, dass Sie mich vorgewarnt hatten, Breunecke. Mich hat doch tatsächlich einer von der Bank angerufen, wie weit die Sache mit dem Konerfritz sei, ob man die Zwangsversteigerung nun angehen könne oder nicht. Die Schulden seien enorm, und man müsse die Interessen der sauberen Kunden … – Und dann kam noch einer von der Fernwärme Lippertsreute. Klopfte einfach bei mir an. Redete erst um den heißen Brei rum. Aber am Ende kam doch heraus, dass man scharf auf den Konerhof ist und dort gerne die Ergänzung durch eine Bio-Stromanlage hätte, um effektiver arbeiten zu können. – Und die Bank habe angedeutet, dass eine Zwangsversteigerung wohl bald in Aussicht sei. Da wolle man die Interessen der Gemeinde …

Wenn man jetzt böswillig wäre und nicht schon wüsste, dass der Rincke das angezettelt hat, müsste man bei den Herren das Alibi prüfen.«

»Das Alibi nicht, Chef«, denkt Bernd laut nach, »aber sicher, ob die Herren Kontakt zum Rincke hatten, wenn deren Interesse so deutlich auf billige Übernahme ausgerichtet ist.«

Donnerstag, 3. September 2009, Morgen Frostige Stille

»Die Kantonspolizei Thurgau hat sich offiziell beim Justizminister in Stuttgart beschwert, Kollege Schneider«, tönt Dr. Lange am Telefon. »Sehen Sie zu, dass Sie das wieder in die Reihe bekommen. Ihr Breunecke hat sich da irgendwo vergaloppiert, scheint mir. Pfeifen Sie den mal zurück. Wir brauchen keine diplomatischen Verwicklungen. Die Thurgauer sind sowieso schon sauer wegen des Nachtflugverbotes im Nordanflug für Zürich-Kloten!«

»Typisch Dr. Lange«, grinst Schneider, als er das Gesagte an Bernd weitergibt, »jetzt rufe ich erst einmal den Staatssekretär an, was Sache ist und wer dahinter steckt. Erst danach telefonieren Sie mit den Kollegen in der Schweiz, Breunecke. Kümmern Sie sich erst einmal um den Konerfritz. Gucken Sie, ob man den nicht doch vernehmen kann.«

Der Arzt in der Weissenau kann nach wie vor kein grünes Licht für eine Vernehmung geben. »Der Patient redet die ganze Zeit ›Die haben mich reingelegt!‹«, meint er. »Solange ich für die Situation, in die sich der Patient da verstrickt hat, keinen Schlüssel habe, kann ich nichts machen. Wenn Sie da Erkenntnisse haben sollten, die uns und dem Patienten weiterhelfen, …« Bernd hat keine entsprechenden Erkenntnisse zu vermelden oder raus zu lassen. Er bedankt sich und legt auf.

Inzwischen hatte Schneider den Staatssekretär an der Strippe und seine Erkenntnisse gewonnen. »Ein heißes Ding, Breunecke«, lässt er verlauten. »Da hat sich ein Dr. Bero Winner von der Schweizerisch-Deutschen Forschungsgruppe für Limnologie bei der Kantonsregierung beschwert, dass die Seepolizei die empfindlichen Forschungen im Sedimentbereich der Thurgauer Aach durch zu häufigen Verkehr vor der Ach-Mündung und dadurch verursachte Sedimentaufwirbelungen gestört habe und dass dies auf Veranlassung durch den Kollegen Breunecke in Überlingen geschehen sei. Man habe sich da kundig gemacht und verlange sofortiges Abstellen solcher Aufwirbelungen, um das schweizerisch-deutsche Forschungsprojekt nicht zu gefährden, an welchem auch Österreich hinsichtlich der Regulierungen an der Einmündung des Alpenrheins interessiert sei.

»Na, das ist ja wohl ein netter Zufall, dass jetzt diese komische Gesellschaft für Limnologie ins Spiel kommt«, lacht Bernd nur, »denen wollen wir sowieso wegen des Bootshauses an der Thurgauer Aachmündung auf den Zahn fühlen. Nun also erst recht, wenn wir dort vorbeisegeln. Ich besorge mir als erstes mal ein Bild von dem Dr. Bero Winner und dann kontaktiere ich die Kollegen von der Kantonspolizei St. Gallen und der Seepolizei in Rorschach, was die zu dem Anliegen der Gesellschaft zu sagen haben. Schließlich gehört das andere Ufer der Aach zu deren Gebiet.«

»Dann machen Sie mal, Breunecke«, nickt Schneider, »ich habe dem Staatssekretär schon vorsorglich signalisiert, dass wir so vorgehen würden. Und der gibt uns Rückendeckung. Wenn's nicht anders gehen sollte, haut er selbst in Frauenfeld oder in Bern auf den Putz.«

»Lieber beim Bootshaus an der Thurgauer Aach, Chef«, wendet Bernd spaßhaft ein, »damit wir sehen, was hinter der Fassade zum Vorschein kommt.«

Was Bernd in vielen Telefonaten erfährt, frustet ihn. Im Kanton Thurgau sind im Jahr 2009 Neueinteilungen der Gemeinden und der gesamten Zuständigkeiten per Abstimmung zu erwarten. Und teilweise scheinen sich die Behörden schon nicht mehr zuständig zu fühlen. Jedenfalls ist es wie ein Laufen von Pontius nach Pilatus, was Bernd telefonisch erledigen soll. In St. Gallen erwischt er schließlich jemanden, der ihn darüber aufklärt, dass gerade an der Mündung der Thurgauer Aach ein Problem bestehe. Die Seepolizei in Rorschach stimme sich da gelegentlich mit der Seepolizei in Kreuzlingen ab. Für die Thurgauer Aach sei außerdem noch ein Amt für Fischerei und Gewässerschutz zuständig, für den Bodensee selbst aber die Seepolizei.

»Wissen Sie was, Breunecke«, entscheidet Schneider schließlich, als Bernd ihm seine fruchtlose Pilatus-Tour schildert, »Sie schnappen sich alle Unterlagen und fahren damit noch heute nach Rorschach zur Seepolizeistelle. Nehmen Sie die Fähre nach Romanshorn. Vorher machen Sie aber ein Meeting mit der Kreuzlinger Seepolizei wegen der Taucherleiche vor Arbon aus. Lassen Sie sich die Fundstelle zeigen und fragen Sie nach Strömung etc.. Wenn die Kreuzlinger sich so merkwürdig anstellen und im Grunde niemand zuständig ist, können Sie danach vielleicht von Kollege zu Kollege auf der unteren Ebene mit den Rorschachern im konkreten Fall mehr erreichen. Unterlaufen Sie das Kompetenzgerangel. Und wenn es Ärger geben sollte, berufen Sie sich auf mich. Nehmen Sie Judith mit, wenn es geht, und fahren Sie mit Judiths Audi. Das ist vielleicht nicht ganz so auffällig – und schauen Sie in Arbon in den ›Frankenhof‹. Wenn Sie und Judith sich beeilen, bekommen Sie dort noch ein gutes Mittagessen. Vielleicht erfahren Sie auch, was die Leute so reden. Oder – wenn Sie den ›Himmel auf Erden‹ erleben wollen, dann fahren Sie nach Horn. Dort heißt ein Lokal so. Mehr erfahren Sie aber sicher in Arbon.« »Schon gut, Chef«, lacht Bernd, »ich hab mit Judith bereits den Himmel auf Erden. Also dann der Frankenhof!«

Donnerstag, 3. September 2009, Vor- und Nachmittag Entdeckungen

In Friedrichshafen macht Judith ihren Bernd auf der Fähre auf einen Geländewagen mit Anhänger aufmerksam. Lindauer Kennzeichen, Ladegut ein beschädigter Katamaran, Schwimmkörper aus Blech. Bernd sieht sich daraufhin alles genau an, fotografiert das Gespann und schreibt die Fahrzeugkennzeichen auf, hält sich danach bis Romanshorn mit Judith in der Nähe auf. Beim Auschecken im Fährhafen bleibt das Gespann stehen. Ein Fahrer meldet sich nicht. Der Schiffsführer verständigt die Polizei. Und nach kurzer Beratung wird der Wagen samt Anhänger abgeschleppt. Bernd weist sich gegenüber den Schweizer Kollegen aus und erklärt: »Es ist sicher gut, das Fahrzeug im Auge zu behalten. Der Fahrer hat vermutlich das Weite gesucht, weil ich das Gespann näher untersucht und die Kennzeichen aufgeschrieben habe. – Nach unserer Erfahrung dürfte in den Hohlräumen des Katamarans die Erklärung für die Flucht stecken.« Und dann legt er kurz dar, was in letzter Zeit aufgefallen ist. Schon nach den ersten Handgriffen legen die Schweizer Kollegen in Silberfolie eingeschweißte Geldbündel frei, die in dem beschädigten Schwimmkörper des Katamarans gestapelt sind. Im Geländewagen entdecken sie danach einen Überführungsschein für den Katamaran zu einer Werft in Arbon, wo dieser angeblich gefertigt wurde.

»Wären wir nie drauf gekommen, Herr Kollege«, schütteln die Schweizer den Kopf, »wer denkt schon bei einem zu reparierenden Fahrzeug an so etwas. Wir lassen das Ding komplett abtransportieren. Und Sie sind uns sicher bei der Ermittlung des Fahrzeughalters behilflich.« »Nun«, meint Bernd, »für Lindau ist Bayern zuständig. Über uns wäre das wohl ein Umweg. In Sachen Devisentransport hatte ich den Verdacht auch nur nach unseren letzten Erfahrungen. Früher hätte ich niemals an so etwas gedacht.« Und dann erklärt er das und sein Anliegen.

»Hm«, kratzt sich der eine Schweizer Kollege hinterm Ohr, »ist sicher schwierig. Fahren Sie einfach hinter uns her, sobald das Gespann abgeholt ist. Wir klären das auf der Dienststelle und kündigen Sie später unseren Kollegen in Arbon an. Die holen Sie auch beim ›Frankenhof‹ nach dem Essen ab, wenn Sie unbedingt so edel speisen wollen, und fahren mit Ihnen zur Segelschule. Wir zerlegen inzwischen die Werft, wo der Katamaran repariert werden sollte.« Und dann grinst er breit: »Wenn unsere Kollegen in der Segelschule dabei sind, erleichtert das gewiss die Aussage der Leitung!«

Als Bernd und Judith die Preise im ›Frankenhof‹ sehen, wird Judith blass und will umkehren. »Nach dem Gault 16 Punkte, Schatz«, wehrt Bernd ab, »und 113 verschiedene

Weine auf Lager! Das muss man mal erlebt haben. Wein trinken wir sowieso nicht zum Essen.« Nach dem Essen wird auch er blass. »Gut, dass wir noch in Friedrichshafen getankt haben«, neckt ihn Judith, »sonst müssten wir Mama anrufen und um Kredit betteln.«

»War das Essen etwa schlecht«, fragt der Schweizer Polizist am Hoteleingang besorgt, als er Bernds Miene betrachtet. »Nein, es war etwas Anderes«, versucht Bernd zu lächeln, »aber es ist wieder vorbei. Und jetzt möchten wir gern zur Segelschule.«

»Zu welcher möchten Sie denn, Herr Kollege«, fragt der Beamte, »wir haben hier mehrere.« Bernd zeigt daraufhin das Bild von Dr. Gundermann. »Nie gesehen«, bekommt Bernd daraufhin zu hören, »Die einzige Segelschule, an der ein Dökterli beteiligt war, ist ›Bündeli & Winner – Segeln, Surfen, Tauchen‹. Bündeli war der Macher, ließ sich aber immer nur an Wochenenden sehen. Winner haben wir erst vor drei Jahren gesehen, als er das Geschäft verpachtete und noch einmal ein Jahr danach an einen Herrn Rincke aus Deutschland verkaufte, weil der Bündeli schon länger abgängig war und die Geschäfte schlecht gingen. Ein Teil der Segel- und Tauchlehrer musste da schon in Deutschland schaffen. Weil es auch weiterhin nicht besonders ging, blieb das so. Das Gebäude von ›Rincke und Gundermann, ehemals Bündeli und Winner‹ ist gestern abgebrannt. Offensichtlich Brandstiftung. Herr Rincke wurde seit einer Woche nicht mehr gesehen. Der weiß also noch nicht, dass sein Geschäft nun ganz im Eimer ist. Und den Dr. Gundermann hat noch niemand zu Gesicht bekommen. Alle Boote und Surfbretter sind übrigens wegen Steuerschulden sofort beschlagnahmt worden. Die Tauchausrüstungen sind leider komplett verbrannt.« – »Oder vorher verschwunden«, mischt sich der Kollege ein, »es hat kaum nach verbranntem Gummi gerochen, und ich habe nicht einen Oktopus oder eine Pressluftflasche gesehen.«

Als Bernd die Unterlagen aus seiner Mappe nimmt und das Bild von Dr. Gundermann dabei heraus fällt, hebt der Schweizer Kollege es auf und meint: »Da haben Sie ja eine schöne Aufnahme vom Dr. Winner.« Aber das Bild von Rincke, welches ihm Bernd gibt, dreht er danach ein paarmal hin und her, ehe er betont: »Rincke sieht anders aus! Den Mann hier habe ich noch nie gesehen!«

Die spätere Besichtigung der Brandstätte bringt keinerlei Erkenntnisse. Außer vielleicht, dass der Tresor offen steht und beim Brand bereits leer gewesen sein muss. Womit die Vermutung gestützt wird, dass es Brandstiftung durch den Eigentümer gewesen sein kann.

Donnerstag, 3. September 2009, Nachmittag Telefonate

Judith gibt das bisherige Ergebnis an Schneider durch, während Bernd noch andere Bootseigner mit den Bildern konfrontiert. Alle erkennen auf dem einen Bild Dr. Winner. Der Rincke habe anders ausgesehen, erklären sie übereinstimmend. Den Typen, der da auf dem Bild ist, will nur einer einmal mit dem Rincke, den sie kennen, zusammen gesehen haben. Die Leute, welche Rincke immer dienstags mit zwei Booten rausgeschickt habe, wären geübte Segler gewesen und mit Privatautos gekommen, Zürcher Nummern meistens. Jeder habe für den Turn am Abend einen Hundert-Fränkli-Schein bekommen, erklärt ein anderer. Das habe ihn immer gewundert. Und erst habe er immer gedacht, dass die Zahlung in die andere Richtung gegangen sei. Hundert Fränkli! Das müsse man sich mal vorstellen. Und als er mal angefragt habe, ob er auch …, habe es geheißen ›Geschlossene Gesellschaft‹. Bernd ist bedient und berichtet weiter, als Judith ihm das Handy überreicht.

»Bei uns würde das sofortigen Zugriff bedeuten«, seufzt Schneider, »aber wir haben gegen den Dr. Winner alias Dr. Gundermann von hier aus keine Handhabe. Fahren Sie also weiter nach St. Gallen, Breunecke, und sprechen Sie mit dem Obersten in der Polizeibehörde. Ich werde diesen über die Polizeichef-Vereinigung Bodensee in Konstanz raussuchen lassen und Sie anmelden. Den Namen gebe Ihnen unter der Fahrt durch. Die Anschrift wissen Sie noch: Klosterhof 12.«

In St. Gallen werden Bernd und Judith schon von Dr. Boeri und zwei persönlichen Beratern erwartet. Bernd legt die Unterlagen vor und erläutert, was er in Arbon gesehen und erfahren hat. Einer der Berater verschwindet und kommt kurz darauf zurück, nickt nur, als Dr. Boeri ihn fragend anblickt. »Trifft alles zu, Kollege Breunecke«, sagt er dann, »und was meinen Sie nun, was getan werden soll? Denn Sie haben sich schon länger mit dem Fall befasst!«

»Um es kurz zu machen, Dr. Boeri«, überlegt Bernd, »es sind vier Punkte, die in Abstimmung mit dem Kanton Thurgau zu erledigen wären: Fahndung nach dem Mann, der sich in Arbon als Rincke ausgegeben hat; dann Fahndung nach dem Mann hier auf dem Bild, der Rincke ist; schließlich Fahndung nach Dr. Winner alias Dr. Amadeus Gundermann, und schließlich Untersuchung des Bootshauses an der Mündung der Thurgauer Aach. Dort vermute ich auch Dr. Winner alias Dr. Gundermann und vielleicht noch eine spezielle Überraschung, nämlich die Dockstation für ein U-Boot, das widerrechtlich im Bodensee unterwegs war oder noch ist.«

»Das letzte müssen Sie mir erst einmal näher erläutern, Kollege Breunecke«, runzelt Dr. Boeri die Stirn. Eine Viertelstunde später sind aus den Fragerunzeln Sorgenfalten geworden. »›Die Schweizerisch-Deutsche Gesellschaft für Limnologie‹ genießt hier ein ziemliches Ansehen«, meint er dann, »in den letzten zwanzig Jahren hat sie einige

Ergebnisse vorgelegt, welche bei der Eindeichung des Alpenrheins in der Mündungszone sehr hilfreich waren. In den letzten Jahren ist es allerdings etwas still um die Gesellschaft geworden, kann sein vor drei Jahren. Aber wir können die Personalunion von Winner und Gundermann nicht belegen. Wir brauchen noch einen Tag für Beobachtungen. Der Dr. Winner ist seinerzeit aus Spiez zugewandert, hat nur kurz in Rorschach gewohnt und dann eine Villa in Horn gekauft, als er auf Empfehlung aus Bern und Berlin die Führung der Forschungsgesellschaft übernahm, nachdem der bisherige Leiter sich aus ungeklärten Gründen erhängt hatte. Die Vermutung, dass sich in dem Bootshaus eine U-Boot-Station verbirgt, scheint mir sehr vage. Wir werden unsere Seepolizei in Rorschach veranlassen, das im Einvernehmen mit den Kreuzlinger Kollegen ganz diskret mit einer Unterwasserkamera zu untersuchen. Ergebnisse geben wir Ihrer Dienststelle morgen im Laufe des Vormittags durch. – Auf gute Zusammenarbeit!« Und damit sind Bernd und Judith freundlich entlassen.

»Immerhin etwas Erfreuliches heute«, empfängt Judiths Mutter sie etwas später, als sie bei ihr hereinschauen, »Ihr bleibt doch zum Abendessen!«
Sicher bleiben sie. Und dann sehen sie zusammen die Anträge auf Einbürgerung durch, welche Sarah Schwan für sich bereits ausgefüllt und für Judith mit allen Angaben vorbereitet hat. »Allmählich wird es ernst«, meint Bernd mit etwas mulmigen Gefühlen.

Mit der letzten Fähre des Abends langen sie später wieder in Friedrichshafen an. Diesmal untersucht kein Zollbeamter den Audi. Alle Beamten winken sie durch, und irgendwie sogar sehr freundlich.

»Ob diese Freundlichkeit lange währt?«, fragt Bernd. Und Judith verbessert »Dr. Lange währt», worüber beide noch lange lachen müssen.

Freitag, 4. September 2009, Morgen
Letzte Gewissheiten

»Wir fahren noch vor der Bürozeit beim Chef vorbei«, überrascht Bernd seine Judith nach dem Frühstück. »Wenn wir nämlich auch bei uns hier die Verbindung ›Rincke – Gundermann‹ nachweisen wollen, sollte die Köchin befragt werden, ob sie den Rincke in der Villa gesehen hat. Denn sie war dort schon länger beschäftigt. Danach natürlich noch Eberle und Vettl und die Tauchlehrer.« – »Vergiss nicht, Bernd«, stört Judith seine Rede, »dass auch der Gerti aus Lippertsreute das Bild von Gundermann-Winner gezeigt werden muss und ein Foto vom Ueli Bündeli. Es kann schließlich sein, dass sie die beiden zusammen gesehen hat.« Und Bernd setzt wiederum hinzu: »Nicht zu vergessen die Schwester der getöteten Ellen, die Lydia Tatzner. Auch die kann Bündeli und Winner zusammen gesehen haben, wenn Bündeli ein Shanty-Fan war und zusammen mit Winner die Segelschule betrieb und beide in Zürich an der Börse spekulierten, kann es schließlich auch sein, dass beide damals bei dem Festival in Romanshorn waren.« »Und Ellens Schwester vielleicht auch«, ergänzt Judith.

Die Köchin Ute meint, den Rincke wohl mal gesehen zu haben. Als sie sich nicht ganz sicher ist und Bernd ihr auf gut Glück das Bild mit dem Fahrzeuggespann zeigt, wird sie aber deutlich: »Klar ist er das, wenn der zu dem Wagen gehört. Die protzige Karre habe ich schon einige Male bei uns an der Villa gesehen. Dachte immer, dass der Monteur was mit der Heizung oder Sauna zu tun hätte.«

»Gut«, sagt Schneider, »dann beim Wachtmeister Studer ein schönes Bild vom Ueli bestellen, Judith, und damit nach Mimmenhausen zur Lydia Tatzner. Und natürlich auch die Bilder von Dr. Winner und Rincke zeigen.«

Im Büro gibt es einige Hektik, bis die Bilder vorliegen und die einsitzende Nachbarin Gerti Wunram aus Lippertsreute befragt werden kann. Die Bilder lassen sie in Tränen ausbrechen. Und am Ende kommt eine noch schmutzigere Geschichte heraus, als vorher zu ahnen war. Winner und Ueli Bündeli hatten Ellen und Gerti auf dem Konerhof kennengelernt, als der Konerfritz seine erste Biogasanlage bauen wollte. Die hatten sie ihm verkauft. Sie waren also öfter dort. Ruedi Winner war damals Gertis Liebhaber geworden, Ueli der von Ellen. Ruedi habe aber kurz vor dem Start der Anlage den Ueli mit ihr erwischt und mit dem Beil zugeschlagen. Alles sei voll Blut gewesen. Und dann hätten sie gemeinsam den Ueli in den Schacht geworfen. Aber sie habe das doch nicht sagen können, weil ihr Mann ... Und dann habe der Ruedi sich auch nicht mehr bei ihr sehen lassen. Und sie habe die ganze Zeit daran denken müssen, dass der Ueli da in dem Schacht stecke und sie auch ihrer Freundin Ellen das nicht habe sagen können. Und die habe doch so auf den Ueli gewartet. Angewidert lässt Schneider sie wieder in die Zelle bringen. »Ich dachte bisher, das Schärfste in unserer Gegend wäre der Versuch gewesen, einen Sado-Maso-Club in Billafingen einzurichten«, schüttelt er den Kopf, »aber was da eine überaktive Bäuerin zustande bringt, lässt mich glatt dran zweifeln.«

Judiths Besuch in Salem-Mimmenhausen bei Lydia Tatzner bestätigt die Vermutungen. Lydia war in Romanshorn dabei, als Ellen sich so heftig in den Ueli verliebte. Den Ruedi erkennt sie auf dem Bild auch wieder. Aber der Rincke ist ihr nie begegnet.

»Also hat der Gundermann«, vermutet Schneider, als sie die Ergebnisse zusammetragen, »sich diesen neuen Namen nach dem Mord an seinem Kompagnon Ueli für das deutsche Ufer und für die Segelschule zugelegt, wo er fast nie auftauchte. Für die Tarnung bringende ›Schweizerisch-deutsche Gesellschaft für Limnologie‹ war er der ehrenwerte Dr. Winner.«

»Die Herren Vettl und Eberle müssen wir sicher zu Dr. Gundermann-Winner nicht mehr befragen, Chef«, meint Bernd. »und wir sollten diesen dicken Fisch schleunigst wegen Mordes über Interpol suchen lassen. Das bringt Druck auf die Behörden in Bern, Frauenfeld und Kreuzlingen, welche den sündigen Knaben immer noch zu decken scheinen.«

»Wenn der Mann noch Freunde in den Regierungen hat, dann ist das falsch, Breunecke«, hält Schneider dagegen, »besser setzen Sie sofort eine offizielle Meldung nach St. Gallen an Dr. Boeri ab, dass Dr. Winner eindeutig als der wegen Devisenvergehen flüchtige Dr. Gundermann identifiziert sei und dringend wegen des Mordes an Ueli Bündeli aus Spiez gesucht wird. Dann werden es sich die Herren eher überlegen, ob sie den sündigen Knaben noch decken. Mit Mord will keiner etwas zu tun haben. Über Interpol wird das eine zu lange Identifikationsgeschichte. – Aber fragen Sie doch gleichzeitig mit Ihrem Anruf bei Dr. Boeri an, was die Seepolizei Rorschach herausgefunden hat.«

»Das ist gerade eingetroffen«, sagt Judith, die an Bernds Computer die E-Mails liest, »die Unterwasserkamera hat einige Zeit Bilder gesendet, bis plötzlich die Hand eines Tauchers ins Bild kam. Die Kamera ist verloren gegangen. Eine U-Boot-Dockstation konnte man auf den gelieferten Bildern nicht sehen. Dr. Boeri bittet um Rückruf.«

Nachdem Schneider Dr. Boeri begrüßt und eine Weile zugehört hat, gibt er den Hörer mit einem aufmunternden Blick an Bernd weiter: »Das ist mehr eine Angelegenheit für Taucher, Breunecke. Ich schaue mir schon mal das Tiefenprofil vor der Mündung der Thurgauer Aach an. Schreibe es Ihnen auf. Boeri will einen gut vorbereiteten, konzertierten Einsatz noch heute. Fragt, ob Sie kommen können.«

»Natürlich komme ich gern, Herr Dr. Boeri«, sagt Bernd sofort, nachdem er den Hörer übernommen hat, »und wenn ich einen Vorschlag für die Seeseite machen darf, dann sorgen Sie dafür, dass ein Baggerschiff sich der Mündung der Thurgauer Aach nähert. Habe in Rorschach eines liegen sehen. Lassen Sie das der Gesellschaft für Limnologie als eine mit der Kreuzlinger Seepolizei abgestimmte Maßnahme ankündigen. Auf dem Baggerschiff platzieren sie unauffällig Taucher. Dasselbe auf einem Polizeiboot, das ›zufällig‹ Patrouille fährt. Wir selbst nähern uns mit einem Segelboot. Die Seepolizei verlegt uns den Weg, nähert sich dabei dem Bootshaus und dreht ab, sobald jemand auf der Terrasse erscheint. Dabei setzt es unauffällig Ihre Taucher ab. Das Baggerschiff kommt bei diesen Manövern vom Kurs ab, stoppt vor dem Bootshaus und lässt den Baggerarm knapp davor auf Grundberührung gehen. Dann sitzt das U-Boot in der Falle. Für die Sicherung an Land werden Sie sicher schon ein Konzept haben.« – »Gut ausgedachtes Täuschungsmanöver, Kollege Breunecke«, antwortet Dr. Boeri, »wir hatten etwas Ähnliches gedacht. Nur das mit dem Baggerschiff ist neu. Machen Sie sich schon auf den Weg nach Rorschach, den Rest erledigen wir von dort aus. Das Segelboot nimmt Sie wahrscheinlich in Steinach auf oder besser im Osthafen von Horn. Das Baggerschiff schicken wir sobald wie möglich von Rorschach aus los. Mit dem Polizeiboot haben wir sowieso kein Problem. Durch die Aach spannen wir an der Mündung zusätzlich ein Netz und nördlich der Seestraße ebenfalls. Dazwischen setzen wir mehrere Schlauchboote ein. Das Ganze geht schon bald los und wird als Übung des Umweltschutzes getarnt. Entsprechende Zelte für die Logistik werden bereits aufgebaut. Was sich darin verbirgt, nachdem die Versorgungswagen ein paar Mal hin und hergefahren sind, können Sie sich denken. Wir sind also schon weit in den Vorbereitungen.

Der Verlust der Kamera hat uns sehr geärgert.« »Das kann ich mir durchaus vorstellen, Dr. Boeri«, sagt Bernd, »Ich werde mich in die Aktion so einbinden, wie Sie es wünschen, und danke für das Vertrauen. Ich mache mich sofort auf den Weg!« – »Wenn wir gemeinsam Verbrecher zur Strecke bringen können, ist das immer ein guter Weg, Kollege Breunecke«, meint Dr. Boeri, bevor er auflegt.

Freitag, 4. September 2009, Nachmittag Zugriff Aachmündung

Als Bernd von Judith im Rorschacher Hafen abgesetzt wird, warten Dr. Boeri und sein Stab bereits. »Zugriff in einer Stunde«, wird Bernd begrüßt, »mein Assistent fährt sofort mit Ihnen zum Westhafen Horn. Dort hat bereits unser Boot angelegt. Sie segeln nur zu dritt. Mein Assistent und Sie bleiben unter Deck. Das ist unauffällig. Der Skipper und mein Assistent haben Handfeuerwaffen. An Bord gibt es – wie ich gehört habe – aber noch Enterhaken und Baseballschläger. Ich hoffe, Sie können im Notfall damit umgehen. Dem Vernehmen nach sind solche Geräte manchmal wirksamer. Ihre Hauptaufgabe ist es, Winner-Gundermann und Rincke zu identifizieren, wenn wir diese erwischen. Kann Ihre Verlobte Sie und den Assistenten fahren? – Unsere Dienstwagen wären im Augenblick etwas zu auffällig.«

»Beat Rütlimann«, stellt sich der Assistent im Wagen vor, als Judith sie nach Horn kutschiert, »der Chef hat eine vertrauliche Botschaft an Sie, nachdem er mehrfach mit Egon Schneider und mit einem Dr. Lange in Tübingen gesprochen hat. Irgendwoher hat er erfahren, dass Sie nach St. Gallen wechseln wollen. Wegen Ihrer Erfahrungen als Kampfschwimmer und als Kriminalist möchte er Ihre Abordnung in unseren Kantonsdienst. Sie sollen eine Stelle besetzen, an der es laufend knirscht, nämlich an der Verbindungsstelle zu unserer Seepolizei und zur Seepolizei Kreuzlingen. Außerdem zur Kantonspolizei Appenzell. Die hat Gott sei Dank keine Seepolizei. Der Chef hat gemeint, wenn einmal einer von außen zunächst als abgeordneter Angestellter käme, würde sicher manch alter Hut plötzlich kein Thema mehr sein. Ist ein reizvoller Posten, kann aber auch zum Schleudersitz werden. Dienstort wäre natürlich St. Gallen, was Ihnen sicher entgegenkommen würde. Ich soll Sie instruieren und zugleich warnen und werben. Das habe ich hiermit getan. Und ich darf Ihnen sagen: Mir wären Sie sehr willkommen!«

»Das ist toll, Bernd«, schluchzt Judith am Steuer und wischt sich eine Freudenträne aus den Augen. Und Bernd meint verlegen: »Ob ich so viele Erwartungen erfüllen kann, weiß ich nicht. Aber wenn Ihr Chef mir das zutraut, werde ich es versuchen. Judith und mir würde damit ein großer Wunsch erfüllt, weil wir dann bei ihrer Mutter wohnen könnten. Dann könnten wir sie auch endlich zur Oma machen.«

In Horn wartet ein etwas bärbeißiger Typ auf sie. Natürlich in Zivil. »Tschüs gnädige Frau«, sagt er zu Judith und zwinkert ihr zu, »danke, dass Sie die beiden Verbrecher hier abliefern. Ohne Handschellen ein ziemliches Wagnis.« Und dann herrscht er Bernd und Beat an: »Sofort unter Deck. Macht Euch nützlich. Kombüse putzen. Kojen richten. Aber dalli! Und lasst Euch nicht an Deck sehen, ehe alles tiptop ist! Ich lege sofort ab!«

»Tschuldigung, wir hatten ungebetene Zuhörer«, ruft er wenig später nach unten. »Bin der Kuoni. Kommt erst rauf, wenn ich den Motor stottern lasse und dann abstelle. Dann aber zack. Ich murmele mir laut genug in den Bart, was zwischendurch anliegt. – Okay!«

Wenig später heißt es »Baggerschiff fünfhundert voraus, – Polizeiboot achthundert voraus – backbord vierhundert Bootshaus.«

»Fahrt wegnehmen«, weist Beat von unten an, »Baggerschiff backbord liegen lassen, Kurs Bootshaus.«

Kurz darauf werden Sie vom Polizeiboot gestoppt und aufgefordert, Kurs auf See zu nehmen. Kuoni sagt »Aye Aye, Sir, ich krieg nur den verfluchten Motor nicht mehr in Gang.« »Dann setzen Sie zum Teufel doch Segel«, heißt es vom Polizeiboot, während dieses plötzlich einen Schlenker auf die Mündung der Aach zu macht, wobei an der landabgewandten Seite drei Taucher sich über Bord fallen lassen.

Bernd und Beat lugen über die Bordkante und beobachten, wie sich das Baggerschiff unaufhaltsam dem Bootshaus nähert, bis es plötzlich den Baggerarm nach unten senkt und ruckartig stoppt, während sich sechs Taucher von den Seiten hinabfallen lassen.

Kuoni, der die ganze Zeit am Steuer gesessen und geredet hat, sagt auf einmal nichts mehr. Und als Bernd sich zu ihm umblickt, kann er sich gerade noch zur Seite werfen, um nicht von dem Harpunenpfeil getroffen zu werden, den eine schwarze Gestalt auf ihn richtet, die Kuoni bereits halb über den Bordrand gezogen hat. Beats Schuss trifft im selben Augenblick den Taucher am Arm, und Bernd schlägt den Enterhaken in dessen Schulter. Gemeinsam ziehen Bernd und Beat den sich dennoch wütend Wehrenden ins Boot und legen ihm Handschellen an. Als Bernd Kuoni wieder ins Boot zieht, weiß er schon, dass dieser tot ist. Das viele Blut im Wasser verrät, dass ihm der Taucher die Kehle durchgeschnitten hat.

Dann erschüttert eine Explosion die Terrasse des Bootshauses und sie sackt in sich zusammen. Das Baggerschiff legt sich gleich darauf leicht schief und richtet sich danach wieder auf. »Irgendetwas ist gegen den Baggerarm gefahren«, schreit der Kommandierende auf dem Baggerschiff.

Als sie später Schaufel um Schaufel untersuchen, hängen an zweien große Fetzen von braunschwarzem Schaumgummi. Sie sind zu spät gekommen. Das U-Boot ist ihnen entwischt, und bei dieser Beschichtung der Außenhaut kaum zu orten. Nur am Enterhaken im Boot zappelt ein dicker Fisch, als sie die Tauchermaske entfernen: Dr. Winner. Die Kameraden der Seepolizei lassen ihn zappeln. Sie trauern um ihren Kameraden Kuoni. Und Dr. Winner wird ganz starr, als er ihre Blicke sieht. Nur mit Mühe können Bernd und Beat die Kameraden daran hindern, den anderen Enterhaken und die Baseballschläger zu nehmen. »Früher hätte man solche Drecksäcke sofort an die Rah geknüpft«, sagt einer bitter, »aber heutzutage haben die im Gefängnis fünfzehn Jahre lang ein feines Leben mit Fernseher und psychosozialer Betreuung und werden nachher noch auf unsere Kosten behutsam resozialisiert.«

»So sind nun mal die Gesetze, Kamerad«, antwortet ihm Beat, »und die sind von einer Mehrheit wohlüberlegt beschlossen worden.«

»Willst Du mich verarschen, Kamerad?«, fragt der Angesprochene. Und Bernd antwortet diesem an Beats Stelle: »Wir sind nun einmal Gesetzeshüter und nicht Gesetzesbrecher, Kamerad. Sonst stellen wir uns mit solchen ›Drecksäcken‹, wie Du sagst, gleich. Und das ist doch wohl unter unserer Würde. Wir werden den mindestens dreifachen Mörder Dr. Winner alias Gundermann seiner gesetzlichen Strafe zuführen. Und Freunde wird er im Gefängnis sicher nicht finden.«

»Wer solch ein Geldsack ist und Freunde in der Regierung hat, findet auch im Gefängnis Spaß, solange er die Freunde nicht verrät«, sagt ein anderer. Und Bernd schweigt. Er weiß, dass der Kamerad Recht hat.

Ende und Nachlese

Als herauskommt, dass Dr. Winner als alter Börsenzocker seinen Freund Ueli schon völlig ausgeplündert hatte, ehe er ihm in Lippertsreute mit Gerti eine Falle stellte und ihn dann kaltblütig erschlug, wundert dies das Team Egon Schneider, Bernd Breunecke und Judith Schwan nicht. Sie hatten es geradezu als Tüpfelchen auf dem I erwartet.

Dass Eberle inzwischen die Managervilla in Nussdorf mit den ererbten Geldern kauft und zusammen mit Vettl als Managerschule weiter betreiben will, wundert sicher auch niemanden. Und dass die Köchin Ute als Frau Eberle im Hause das Szepter schwingt, wundert zwar auch, gibt aber Hoffnung, dass diesmal keine krummen Dinge laufen, zumal nur noch Segelkurse und Rudern im Ergänzungsprogramm angeboten werden.

Kaum interessant ist sicher auch Egon Schneiders Ruheständlerdasein in Ernatsreute mit den gelegentlichen Familienbesuchen in St. Gallen.

Eher ist das Schicksal des Konerfritz und der Nachbarin Gerti interessant. Gerti sitzt in Untersuchungshaft und erwartet ihren Prozess. Sie sammelt schon in ihrem reichen Briefverkehr eifrig Bewerber für die Zeit nach ihrer Haft.

Für den Konerfritz allerdings gibt es kein Danach, obwohl er keinen Mord begangen hat und von falschen Freunden in die Enge getrieben wurde. Er ist endgültig verwirrt und bleibt in Verwahrung. Das kostet, weil keine Erben oder erbberechtigten Verwandten da sind, die Gemeinde Geld. Aber der Erlös für den Hof und die auf ein Mündelkonto für ihn ausgezahlten Versicherungssummen werden die Gemeinde reichlich entschädigen.

Auch Bernd Breuneckes und Judith Schwans Zukunft als Elternpaar und zudem noch in Schweizer Diensten und bei der Oma in der Villa Troche in St. Gallen wird niemanden so recht interessieren. Außer vielleicht, ob Bernd Onkel

Samis Espressomaschine abgeliefert hat und mit Judith das Segelboot restauriert. Das eine hat er schon, und das andere wird er tun.

Nur Bernd lässt etwas keine Ruhe. Lennert I. Rincke ist mit dem U-Boot entkommen. Und damit taucht ein Schatten aus der Vergangenheit auf. Lennert Rincke kann nicht Lennert Rincke sein. Es muss sich um Linus Rienäcker handeln. Und der hatte Bernd damals, ehe er seinen Dienst als Kampfschwimmer in Kiel quittierte, bittere Rache geschworen.

Leider muss sich Bernd noch damit befassen, ehe er ganz in die Schweiz wechseln kann.

ENDE

Personen in ›Himbeerschlag‹:

Bernd Breunecke, Kriminalkommissar in Überlingen. Er stammt aus Linsenrodt in Westfalen und wohnt in Owingen.

Egon Schneider, Leitender Kriminalrat in Überlingen. Wohnt mit seiner Frau Hilde in Überlingen-Ernatsreute. Hobbylyriker.

Judith Schwan, Kriminalsekretärin in Überlingen, Bernd Breuneckes Verlobte. Sie wohnt in Überlingen-Andelshofen.

Sarah Schwan, Judiths Mutter, wohnt in Meersburg und St. Gallen, hat dort ihr Elternhaus vom Halbbruder Sami (Beat S. Troche) geerbt.

Dr. Lange, Vorgesetzter von Breunecke und Egon Schneider im LKA in Tübingen. Mischt sich immer unpassend in die Ermittlungen ein.

Kalle Weinig, Frührentner und Seemannschormitglied. Stammgast im ›Pfännle‹. Ist Bernd noch einen Dienst schuldig.

Olli Bertsch, Segelkamerad von Kalle Weinig. Besitzt ein Segelboot. Nimmt Bernd und Judith auf einen Törn mit.

Gregor Vettl, ehemals Lokalredakteur beim ›Nussdorfer Boten‹, jetzt Lehrgangsleiter in der Managervilla Nussdorf

Edwin Eberle, ehem. Redakteur beim ›Nussdorfer Boten‹ und beim ›Markdorfer Blick‹, jetzt Hausmanager in der Managervilla Nussdorf

Dr. Amadeus Wendelin Gundermann, Villenpächter mit Bootshaus in Überlingen-Nussdorf ›Lehrgänge für Manager‹, Fachmann für Geldanlage bei der ›Swiss Current‹

Dr. Winner, Leiter der ›Schweizerisch-deutschen Gesellschaft für Limnologie‹, wohnhaft in Horn (CH)

Heinrich Funke aus Hamburg (Taucher-Leiche von Nussdorf), Teilnehmer am Manager-Kurs in der Nussdorfer Villa

Fritz Koner, Bauer und Tüftler mit Biogasanlage in Lippertsreute. Früher Bootswerftbesitzer in Unteruhldingen

Ellen Koner, geborene Tatzner, seine lebenslustige Frau, stammt aus Salem-Mimmenhausen. Kommt bei der Explosion der Biogasanlage um.

Gerti, noch lebenslustigere Nachbarin der Ellen Koner

Ueli Bündeli, in Spiez am Thuner See abgängiger Shantysänger

Skelett vom Himbeerschlag, ein Ermordeter, der viele Rätsel aufgibt.

Lennert Rincke, Technischer Mitarbeiter von Dr. Gundermann

Weneter, ein Versicherungsvertreter

Polizeibeamte in Bernd, St. Gallen und Rorschach, darunter Dr. Boeri, Beat Rütlimann in St. Gallen und ein Fahndungswachtmeister Jakob Studer in Bern, und der Bootsführer Kuoni

Am Rande erwähnte Personen:

Gisela Breunecke, Bernd Breuneckes geschiedene Frau, und Breuneckes Tochter Claudia

Danksagungen

Bei meiner Arbeit am Krimi ›Himbeerschlag‹ habe ich freundliche Hilfe erfahren

durch meine Ehefrau Gabriella, die mit mir während meiner Schreibzeit Geduld hatte und Manuskript sowie Druckfahnen sorgfältig durchsah,

durch meinen Verleger Ulrich Seutter, der mir Mut machte, nach den Krimis ›Apfelernte‹, ›Hänselejuck‹ und ›Lokalredaktion‹ auch diesen Bernd-Breunecke-Krimi in Angriff zu nehmen,

durch Hans Peter Eugster vom Mediendienst der Kantonspolizei St. Gallen, der mich bezüglich des Wechsels von Judith und Bernd in den Polizeidienst des Kantons St. Gallen beriet.

Zur Person

Der Autor gehört zum Jahrgang 1940, wuchs mitten im Sauerland auf, war lange Zeit in Bayern tätig und wohnt seit seiner Pensionierung 2005 in Owingen/Bodenseekreis. Er leitet dort in Überlingen die jährliche IBC-Lyrikwerkstatt sowie den ›Literaturtreff Gunzoburg‹.

Stationen seines Lebens waren: Werkzeugmacher; Zeitsoldat; Student der Germanistik, Geschichte und Politik; Volksschullehrer; Fachleiter am Seminar für die Ausbildung von Volksschullehrern; Realschullehrer; Fachmitarbeiter des Ministerialbeauftragten an den Realschulen in Mittelfranken im Fach Sozialwesen; Realschulkonrektor und zugleich Zweitprüfer für Deutsch – Sprachwissenschaften an der Universität Erlangen.

Seit 1983 schreibt er Lyrik, Kurzgeschichten, Satiren, Märchen und Erzählungen. Mit seinem ersten Überlingen-Krimi ›Apfelernte‹ 2009 wurde er bereits Mitglied in ›das syndikat‹ (Verband der deutschsprachigen Kriminalschriftsteller). Sein zweiter Überlingen-Krimi ›Hänselejuck‹ erschien schon im September 2009. Nach seinem dritten Überlingen Krimi ›Lokalredaktion‹ (März 2010) liegt hiermit ›Himbeerschlag‹ vor, ein Krimi, der teilweise in der Schweiz spielt.

Wer den Autor kontaktieren möchte, wende sich an den Verlag oder rufe ihn direkt an: Tel. 0049-(0)7551-8310670

Bisher vom Autor im Verlag Ulrich Seutter erschienen:

Apfelernte

Ein Bodensekriminalroman ISBN 978-3-938340-50-9

Wenn Bernd Breunecke und sein Chef Egon Schneider einen Mordfall untersuchen, gibt es Streit mit Vorgesetzten und Behörden und manchen Seitenhieb auf die Politik. Die Leiche bei Bio-Xpress in Bodman-Ludwigshafen betrifft eigentlich nicht ihren Ermittlungsbereich. Verwickelte Beziehungen in Gegenwart und Vergangenheit sind aufzudecken, und ein Haufen Ärger ist zu bewältigen, bevor sie den Mörder stellen können.
(April 2009)

Hänselejuck

Ein Bodensee-Kriminalroman ISBN 978-3-938340-51-6

Wenn Fasnet heranrückt, ist Egon Schneider ganz aufs Schnellen mit der Karbatsche eingestellt und richtet sein Häs. Beim Hänselejuck bricht ausgerechnet vor seiner Karbatsche jemand im Hänsele-Häs zusammen. Bernd Breunecke muss ermitteln, denn es ist kein Unfall. Sein Chef ist zunächst keine große Hilfe, weil man diesen kurz danach außer Gefecht setzt. Über tausend Hänsele waren unterwegs, und da jemanden herauszufinden, scheint eine Sisyphos-Aufgabe. Die Spuren führen schließlich in eine andere Richtung, als ein weiterer Mord geschieht.
(September 2009)

Lokalredaktion

Ein Bodensekriminalroman ISBN 9 783--938340-52-3

Am 27. Juni 2009 führt die Lokalreporterin Undine Laugl mit Bernd Breunecke ein längeres Gespräch, in welchem Sie ihn um Nachforschungen in ihrer Zeitungsredaktion bittet. Am Morgen danach sitzt sie tot im Mühlenbrunnen vor dem Owinger Rathaus. Ein Schild an der Leiche lässt vermuten, dass Bernds Chef Egon Schneider wegen eines Streites über die Berichterstattung der Zeitung in die Sache verwickelt sein kann. Nur mit Mühe stellen die beiden Kriminalisten wichtige Unterlagen sicher, welche sie auf die richtige Spur bringen, denn Undine hatte eine lebhafte Vergangenheit und war wohl einigen Leuten lästig geworden. (März 2010)

Impressum

Helmut Freiherr von Scheurl-Defersdorf
Himbeerschlag
Ein Bodenseekrimi

Typografie: Ulrich Seutter

Für den Satz wurden Eric Gill's Joanna mit
Joanna kursiv sowie Joanna halbfett verwendet.

Herstellung:
Köllen Druck & Verlag GmbH, Bonn

Verlag Ulrich Seutter
Rickertsweiler 3
88699 Frickingen

ISBN 978-3-938340-53-0
Printed in Germany